가장 축복 받는 사람이 되려면
가장 감사하는 사람이 되라

이 책을 감사하는 삶으로 행복을 추구하는

이 세상에서 가장 소중한

__________님께 드립니다.

작은 감사의 씨앗 하나가

感나무 햇살처럼 멀리 멀리 퍼져서

사람들의 마음을 더욱 여유롭고

행복하게 만들었으면 좋겠습니다.

# 내 마음의 한 그루 感나무

# 내 마음의 한 그루

최기웅 지음

내 마음의 한 그루 感나무

초판 인쇄 | 2016년 7월 12일
초판 발행 | 2016년 7월 15일

지은이 | 최기웅
펴낸곳 | 출판이안

펴낸이 | 이인환
등 록 | 2010년 제2010-4호
편 집 | 이도경, 김민주
주 소 | 경기도 이천시 호법면 단천리 414-6
전 화 | 031)636-7464, 010-2538-8468
팩 스 | 070-8283-7467
인 쇄 | 세종피앤피
이메일 | yakyeo@hanmail.net
홈카페 | http://cafe.daum.net/leeAn

ISBN / 979-11-85772-28-8(03810)　값 12,800원

「이 도서의 국립중앙도서관 출판예정도서목록(CIP)은 서지정보유통지원 시스템 홈페이지(http://seoji.nl.go.kr)와 국가자료공동목록시스템(http://www.nl.go.kr/kolisnet)에서 이용하실 수 있습니다.
(CIP제어번호: CIP 2016016378)」

# *Prologue*

## 작은 감사가 큰 감사를 낳는다

나는 직장생활을 하면서 틈틈이 〈한국경제신문〉 '직장인'란에 칼럼을 올렸다. 그때 돈부자, 일부자만으로 행복을 잡지 못한 많은 직장인들이 호응을 해주셔서 연재를 거듭할 수 있었다. 칼럼을 보며 아낌없이 사랑을 베풀어주시고, 댓글과 후기로 용기를 주신 '직장인' 독자님들께 감사를 드린다.

초등학교 1학년 때까지는 시골에서 살았다. 시골집은 사랑채와 넓은 마당과 텃밭이 있는 큰 집이었다. 복숭아 과수원도 있었고 논과 임야도 적지 않았다. 하지만 댐건설로 물에 잠기는 바람에 그곳을 떠나 도시로 이주하면서 어려운 생활이 시작되었다. 그때 겪었던 어려움은 오늘의 내가 있도록 더욱 강하게 단련시켜 주었다. 정말 감사할 일이다.

대학교 때 어차피 가야 할 군대라면 장교로 가자는 생각에 제일 먼저 ROTC에 지원했다. 지금 생각해 보면 그때의 선택은 내 인생의 가장 현명한 선택이었다. 소위로 임관하여 보병 소대장으로 시작한 전방에서의 군생활은 오늘날 내가 리더십을 발휘할 수 있는 힘을 키워 주었다. 정말 감사할 일이다.

제대 후에 잠깐 부모님이 하시던 일을 도왔던 것을 빼고는 쌍용자동차라는 지금의 회사에 취업해서 30여년을 함께 했다. 그동안 결혼도 하고, 자녀를 낳고, 온 가족이 남부럽지 않은 삶을 살 수 있었던 것은 쌍용자동차라는 직장이 내게 준 정말 큰 축복이자 은총이었다. 이 또한 감사하고 또 감사할 일이다.

나는 감사하는 생활의 중요성을 깨달아서 지금까지 그렇게 살아왔고, 앞으로도 감사를 놓치지 않고 살아가려고 한다. 그 과정에서 감사의 마음을 좀 더 쉽게 뇌리에 각인시키고자 한국경제신문 '직장인' 칼럼에서 感나무를 만들어 퍼뜨리기 시작했다. 내 마음의 한 그루 感나무는 이렇게 탄생한 것이다.

감(感)나무는 감동(感動), 감격(感激), 감명(感銘), 공감(共感), 감사(感謝), 감화(感化), 감복(感服), 감탄(感歎) 등의 열매가 열리는 감성의 나무다.

다시 말해 여기서 말하는 감(感)나무는 '먹는 감(柿)나무'가 아니라 감성으로 '느낄 감(感)나무'를 의미한다. 이 感나무는 사시사철 아무 때나 심어도 좋다. 돈도 들지 않는다. 그냥 마음만 먹으면 된다. 우리 함께 마음속에 한 그루 感나무를 가꿔보자.

이 책이 나오기까지 함께 해주신 하나님께 감사드리고 영적인 코치 배국순 목사님과 책을 쓰도록 동기부여를 해준 친구 이내화, 책이 나오기까지 힘써주신 출판사 이인환 대표님, 나를 위해 항상 기도해 주시는 어머니와 장인, 장모님, 사랑하는 아내 안기열과 두 딸 지혜와 지민이에게 감사를 드린다.

感나무 코치 최기웅

: CONTENTS

## 2부 나만의 感나무 묘목 찾기



## 3부 마음 마당에 感나무를 심자

## 4부 感나무 한 그루 각각 다른 열매



## 5부 마지막 感 하나의 감동, 그 무한함

## 6부 Think Bank 感나무표 비포서비스



## 7부 Thank You! 365+24 세상만사+감사

감사하는 마음은

가장 위대한 미덕일 뿐 아니라

다른 모든 덕의 어버이다.

– 키케로

# 1부

## 나를 키워온
## 感나무 한 그루

감사는 곧 사랑이다.

감사할 줄 모르면

이 뜻도 알지 못한다.

– 김현승 시인

# 회사는 내 感나무의 텃밭

군에서 장교로 제대한 후 집안에서 하던 사업을 돕고 있었다. 그러다 자금부족과 판매시장의 위축으로 사업을 정리하고 안정된 직장인 지금의 회사를 선택했다. 처음에는 회사에서 가장 바쁜 부서에 배치 받아서 하루하루가 어떻게 지나가는 줄도 모르고 정신없이 일에 매달렸다. 그렇게 금방 한 주가 지나고 금방 한 달이 가곤 했다.

그 당시는 월급이 봉투로 나올 때였다. 나는 직장생활을 하면서 월급을 한 번도 어기지 않고 제 때에 봉투로 받는 것이 신기했다. 입사 전에 사업하면서 자금문제로 매월 종업원의 월급을 제때에 주지 못해 힘들었던 때를 생각하면 더욱 그랬다. 나는 이 날이 얼마나 감사한지 월급을 받을 때마다 사장님을 찾아가서 직접 감사인사를 드리고 싶은 심정이었다.

그때는 다른 사람들도 나와 같은 심정일 거라 생각하였는데 모두가 그렇지만은 아닌 것 같았다. 많은 사람들이 월급 받는 것을 일했으니까 당연하다고 생각하는 것을 보고 놀랐다.

쌍용자동차 총무팀에 배치 받아 일을 시작했는데, 그때 부장님은 정말 닮고 싶은 멋진 분이셨다. 그래서 나도 언젠가 꼭 저 자리에 앉아 봐야겠다고 다짐을 하였다.

그런 마음으로 열심히 일을 하다 보니 부장이 되어 그 자리에 앉을 수 있었다. 지금도 입사했을 때 부장님과 연락을 할 정도로 좋은 관계를 유지하고 있다. 직장생활이 힘들고 여러 가지 어려운 일들도 많았다. 하지만 지금까지 한 회사에서 젊음을 바치며, 가정을 이루고 자녀를 키울 수 있도록 최선을 다했다.

그때마다 회사가 내 感나무의 텃밭이라는 것을 한시도 잊지 않았다. 회사는 내 인생에서 결코 빼놓을 수 없는 최고의

感나무 텃밭이다.

그래서 나는 항상 회사에 감사하며 살고 있다. 지금까지 동고동락했던 선・후배와 동료들이 있었기 때문에 지금의 내가 있다고 생각하며 항상 감사드리고 있다. 아울러 나와 함께 일하는 동료들이 모두 자신이 속한 회사에 감사하는 마음으로 함께 하기를 바라고 있다. 내가 감사하는 만큼 회사는 반드시 내가 감사해야 할 일을 만들어 준다.

그래서 회사를 내 感나무의 텃밭으로 여기며 사는 마음이 중요하다. 그것이 곧 나를 위하는 길이기 때문이다.

## 지역과 기업은 感나무 공동체

회사는 지역사회와 함께 한다. 처음에는 이 말을 회사가 홍보차원으로 들려주는 립서비스인 줄 알았다. 그런데 팀장이 되면서 지역사회와 관련된 여러 가지 일을 하면서 이것은 결코 립서비스가 아니라 우리 사회를 위해 진정으로 기업과 지역이 운명공동체로 서야 한다는 것을 실감하게 되었다.

회사가 매출이 많아지면서 지역사회의 각종 사업에 지원도 할 수 있었고 직원들의 급여가 올라가고 보너스 등이 나올 때에는 각종 업종들도 같이 호황을 누리는 것을 볼 수 있었다. 또한 관공서나 지역의 각종 단체와의 관계도 돈독해진 것을 눈으로 보아왔다.

예를 들어 처음 시내에서 회사까지는 비포장도로였다. 그 당시 시의 예산이 부족하여 회사에서 보조하여서 도로포장을 했다. 그러니까 회사도 좋아졌지만, 지역 주민들이 회사에 대해 긍정적인 마음을 갖기 시작했다. 우리는 그것을 더욱 적극적으로 활용해서 지역사회의 각종 행사 등에 참여하였고 매년 열리는 지역의 마라톤대회에는 자동차를 경품으로 내놓았다.

우리 회사는 대기업이다 보니 직원의 수도 많고 관련업체도 많았다. 따라서 회사에서 각종 물품구매나 명절 선물을 지급하면 당장 지역에 미치는 효과가 드러났다.

한번은 명절선물로 구두상품권을 지급한 적이 있었는데 이로 인해 지역의 대리점이 하루 아침에 큰 호황을 누리게 된 일도 있었다.

지금도 그런 경험을 바탕으로 직원들에게 명절선물로 지역의 재래시장 상품권을 지급하여 지역시장 활성화에 큰 도움을 주고 있다.

그러자 지역사회에서도 회사가 어려울 때 회사 살리기운

동 등을 펼쳐주었다. 지역사회에서 우리 회사 제품을 사도록 홍보도 해주기도 하였다.

기업과 지역은 운명공동체다. 나는 이것이야말로 感나무 공동체라 믿는다. 기업이 살아야 지역이 살고, 지역이 살아야 기업도 산다.

# 대학 졸업반 특강 때 만난 感나무

서울의 한 대학교에서 4학년 졸업을 앞둔 학생들에게 특강을 해달라는 요청을 받았다. 2시간 강의였는데, 직장에 들어가기 전에 필요한 내용에 대한 주제였다. 졸업을 앞둔 학생들이어서 절실함이 느껴져 어느 대상에 비해서 집중도가 좋았고, 나는 그 열의에 호응해서 강의에 더 열중할 수 있었다.

"강사님, 상담을 하고 싶습니다."

강의를 마치고 나자 한 학생이 적극적으로 다가왔다. 나는 강의하면서 가끔 이렇게 적극적인 사람들을 만나면 기분이 좋다. 최대한 도와주고 싶은 마음이 생기는 것은 당연한 일이다.

그 날도 이 학생에게 가고 싶은 회사와 준비해야 할 것 등에 대해서 얘기를 듣고 조언을 해주었다. 기계공학을 전공한 학생이었는데 자동차회사에 취업하기를 원하였다. 기본적인 것들은 대략 준비가 되어 있어서 추가로 남은 기간 동안에 준비할 것들에 대해서 상담을 해주었다. 학생의 의욕과 열정이 강하여서 최대한 도와주겠노라고 약속하였다.

직원모집 인터넷 접수가 발표되어서 알려주었고 제출해야 할 자기소개서 내용도 점검해 주었다. 다행히 서류전형에 합격했다. 학생은 면접일자가 잡히자 적극적으로 상담을 요청해 왔다. 적극적인 모습이 보기 좋았다. 그래서 내가 할 수 있는 범위에서 최대한 조언을 해주었다.

이런 정성이 통했는지 최종합격이 되었다. 지금은 자동차회사에서 대리로 근무하고 있다.

"부장님, 감사합니다."

학생이 감사인사를 전해왔다. 하지만 나는 마음 속으로 학생에게 감사 인사를 전했다. 학생을 통해서 무엇이든 간절히 원하고, 원하는 것을 이루기 위해 적극적으로 움직이면 반드시 주위에서 도와주는 사람이 나타난다는 것을 확인할 수 있었다.

"원하는 것이 있으면 먼저 소문을 내세요."

세상은 서로 비슷한 사람들이 살고 있다. 따라서 누군가 간절히 원하는 것을 이루기 위해 적극적으로 노력하는 사람을 보면 꼭 도와주고 싶어 하는 사람이 생기기 마련이다.

대학 졸업반 특강을 통해 만난 대학생 感나무가 지금도 내 가슴에서 곱게 자라고 있다.

## 병원에서 만난 고객만족 感나무

동네 병원에 의사선생님은 좋은데 직원들이 불친절하다는 소문이 돌았다. 의사선생님께 뭔가 개선책을 마련해야겠다고 건의를 드렸다. 의사선생님은 내게 고객만족 강의를 부탁했다. 그래서 의사선생님과 간호사 전 직원을 대상으로 강의를 했다.

고객의 불만이 있다는 것은 애착이 있다는 것이다. 애착이 없다면 고객 불만도 없다. 따라서 고객의 불만을 기분 나쁘게 생각하지 말고 병원을 더 잘 되게 만들기 위한 기회로 삼아야 한다는 말을 시작으로 고객에게 어떻게 친절하게 대해야 하는지 구체적인 방법을 제시했다.

평상시 직장에서 고객만족 강의를 많이 했기에 경험을 중심으로 했더니 반응이 좋았다. 강의 후에 주위 사람들로부터 그 병원이 확실히 달라졌다는 소리를 듣고 뿌듯했던 기억이 새롭다.

몇 년 후에 경기도 광주에 있는 병원에서 강의요청을 해왔다. 나중에 전에 강의했던 의사선생님과 친분이 있는 곳이라는 것을 알았다. 의사선생님이 그때 좋았던 경험으로 적극 추천을 했다는 것이다.

한 번의 강의로 모든 것이 확 바뀔 것이라고는 생각하지 않는다. 중요한 것은 사람을 대하는 것이 모두 고객만족과 같다는 것이다. 우리는 누구에게나 정말 소중한 존재다.

그때 나는 정말 마음으로 달려가서 강의를 했다. 내 강의를 듣고 누군가 조금이라도 변화가 된다면 정말 기쁜 일이다.

문제점을 인식하고, 그것을 개선하기 위해 노력하는 이들의 모습이 아름답다. 지역사회에서 의술을 베풀며 지역 주민들에게 조금이라도 더 친절하게 다가서려고 노력하는 모습은 더욱 아름답다.

병원에서 만난 고객만족 感나무는 지금도 내게 좋은 추억으로 남아 있다. 그 일을 계기로 고객만족 강사로 발을 내딛기 시작했고, 강의장에서 수많은 수강생들을 만나며 더 많은 것을 배울 수 있으니 이 얼마나 감사한 일인가?

# 민관합동세미나에서 만난 感나무

중앙공무원교육원에서 국장급 교육과정에 민관합동세미나라는 프로그램이 있었다. 공무원들에게 기업체의 애로사항이 무엇인지 알아야 한다는 취지에서 마련된 프로그램이었다. 마침 우리 회사에도 참가요청이 와서 1박 2일로 교육에 참석하였다.

그 당시만 해도 기업체에선 공무원을 어려워했다. 나 역시 기업체 담당자로서 공무원 만나는 것이 정말 어려웠다. 하지만 그 교육을 받으면서 공무원에 대한 나의 선입견을 바꿀 수 있었다.

여기서 만난 공무원들은 자기 분야에 지식도 많고 뛰어난 능력을 갖춘 전문가였다. 우리 조원들은 국장급 공무원과 기업체 임원급으로 편성이 되었다. 다른 조에 비해 훨씬 전문적인 이야기들이 오갔고, 실무중심으로 교육에 임하다 보니 짧은 시간에 더욱 돈독한 관계를 유지할 수 있었다.

"국민소득 2만달러 달성을 위한 노사 화합방안!"

우리는 조별로 토론을 했고, 나는 조대표로 발표할 기회가 생겼다. 기업체에서 참석한 임원분들과 고위 공무원 앞에서 그동안 기업의 일원으로 겪어야 했던 애로사항에 대해 강한 어조로 발표하고, 이런 것을 잘 처리해 주면 기업체도 힘을 얻어서 지역을 위해 더욱 열심히 노력할 수 있을 것이라고 강조했다.

그 당시 우리 회사는 갑자기 바뀐 법 때문에 새로 개발해서 출시할 신차가 큰 타격을 입고 있었다. 그래서 지금과 같이 경쟁이 심한 시기에 기업체가 진행하고 있는 사업들이 차질없이 잘 진행될 수 있도록 법 집행에 신중을 기해야 한다고 힘주어 강조했다. 발표가 끝나고 공무원교육원장님이 기업체의 애로사항을 이해하기 쉽게 발표를 아주 잘 했다며 치사를 해주어서 큰 힘을 얻었던 기억이 새롭다.

그때는 오로지 내가 다니는 회사가 잘 되어야 한다는 신념으로 어려운 자리인 줄도 모르고 강한 어조로 얘기를 했었다. 그 마음이 통했는지 다행히 많은 분들이 호응을 해주어서 조별평가에서 좋은 결과를 낼 수 있었다. 이 자리를 빌려 감사를 드린다.

# 아들이 심어준 내 마음의 感나무

내가 감사의 씨앗을 만난 것은 큰 불행을 끝내는 자리였다. 어느덧 15년 전의 일이다. 자녀 셋을 둔 성실한 가장으로 비교적 순탄하게 직장생활을 해오던 내게 감당할 수 없는 불행이 찾아왔다. 당시 월드컵 열기가 휩쓸고 있을 무렵에 그토록 아끼고 사랑하던 아들 지용(당시 12세)이가 학교에서 불의의 사고로 세상을 떠났다. 집안의 대를 이을 하나밖에 없는 귀한 아들이었기에 불행의 고통은 더욱 컸다.

"하나님, 어렵게 주신 아이를 왜 벌써 데려 가십니까? 좀 더 시간을 주시면 안 되겠습니까?"

마음을 잡지 못하고 한동안 슬픔과 고통의 나날을 보냈다. 그렇게 슬픔과 절망에 젖어 힘들게 지내던 내게 매일처럼 바라보던 밤하늘에서 응답이 왔다.

"아빠, 나는 아빠 발자국을 따라서 걷고 있는데, 어디로 가고 있는 거야? 아빠, 저기 별을 보세요. 반짝이는 별을!"

세상에는 두 종류의 사람이 있다. 하나는 부족한 것과 부정적인 면을 현미경처럼 들여다보면서 불평하고 평가하는 사람들이다. 또 하나는 아무리 힘들고 어려워도 망원경처럼 미래를 향한 꿈과 비전을 바라보는 사람들이다. 후자는 간절한 소망을 갖고 항상 긍정적인 생각으로 믿음의 말을 하며 살아가는 사람들이다.

그 순간 나는 진정 어느 쪽의 삶을 살아왔는지 정신이 번쩍 들었다. 그동안 매사에 감사해야 한다고 얼마나 쉽게 말해왔던가? 말은 그럴듯하게 하면서 지금 나는 뭐하고 있는 것인가?

나는 그제야 반짝이는 희망의 '별'을 발견하고 다시 사랑과 감사의 마음으로 행복한 세상을 위해 헌신하기로 다짐했다. 내 인생에서 '감사'의 뜻이 새롭게 새겨지는 순간이었다.

그때부터 나는 자신에게 닥친 불행을 행복으로 바꿔간 사람들의 마음 속에는 항상 '감사의 마음'이 있다는 것을 알았다.

그래서 나는 지금까지 살아오면서 받은 감사를 다른 사람들에게 전하는 '감사코치'로 활동해야겠다고 다짐하게 되었다.

타인의 마음마당에 感나무의 씨앗을 뿌리는 행복한 농부가 되어, 민들레 홑씨처럼 척박한 들판에 뿌리를 내리듯, 사람들의 마음에 감사의 씨앗을 뿌려 행복이 피어나기를 소망하고 있다.

# 感나무가 있는 우리 집

회사에서 교육을 담당하는 팀으로 직원들에게 리더십 교육을 직접 했던 적이 있다.

그때 가정에서 가족들 간의 대화를 막는 가장 큰 장애물이 TV라는 것을 강조하며 TV를 보는 시간을 줄여야 한다고 했다.

그리고 솔선수범하기 위해 집에 있는 TV를 치우기로 결심했다. 하지만 처음부터 나의 생각만으로 TV를 치우기는 쉽지 않았다. 그래서 계획을 세워 먼저 아내와 두 딸의 동의를 얻었고, 먼저 TV 보는 시간을 줄여 나갔다. 그러다가 TV를 아예 치워 버릴 수 있었다. 그리고 그 자리에 책꽂이를 짜서 그동안 보관해 온 책들을 꽂아 놓았다.

평소에도 책보기를 좋아했던 가족들은 모여서 책보는 시간을 늘려 나갔고, 매주 근처 도서관에서 책을 빌려 보는 습관을 가지게 되었다. 꼭 필요한 책을 구매하여 책꽂이를 채웠고, 이사할 때는 새 집 거실에 맞게 책꽂이를 제작하여 설치했다. 거실 전체가 책꽂이로 가득 차기 시작했다.

하루 종일 일터에서 업무로 시달린 채 돌아온 뒤에 집에서 쉴 만한 곳은 어디인가? 고작해야 TV앞의 소파가 아닌가? 그런데 소파에 눕거나 앉아서 TV를 보는 것이 과연 진정한 휴식이라 할 수 있을까?

"집에서 당신만의 공간을 확보해보세요."

나는 이것을 아이브러리(I brary)라고 한다. 영어의 아이(I)와 브러리(Library)를 합성한 말이다. 굳이 우리말로 번역하자면 '나의 도서관', 즉 서재를 의미한다고 볼 수 있다.

아이브러리란 자기 혁명을 위한 혁신 공간이다. 나만을 위한 공간, 사색의 공간, 작업의 공간, 여유의 공간이다. 그 중에 가장 중요한 것은 내 마음의 양식을 살찌우는 공간이라고 보면 더욱 좋다.

아이브러리, 〈미래를 위한 서재〉가 있는 집은 〈感나무가 있는 집〉이다. 희망이 있고, 미래가 있는 집이다.

## 感나무, 날마다 새롭고 또 새로워지다

직장인이 퇴출당하는 유형은 대개 세 가지로 나눌 수 있다.

첫째는 〈부품형〉이다. 이들은 '그저 내 일만 하면 되겠지' 하는 생각으로 일한다. 누가 뭐라 하든 자기 일만 하면 된다는 융통성 없는 착한 일꾼들이다.

둘째는 〈시계추형〉이다. '상사가 시키는 일만 하는' 노예근성을 가진 이들이다.

셋째는 〈천수답형〉이다. 무사안일한 사고의 소유자들로 '어떻게든 되겠지' 하면서 무사태평으로 사는 이들이다. 동료들에게 묻혀 지내다 보니 위기가 오면 속수무책으로 나오할 수밖에 없다.

이제 평생직장은 점점 사라지고 있다. 어느 자리건 자신이 스스로 주인의 자리를 차지하지 못하면 퇴출당할 수밖에 없다.

날마다 새롭고 또 새로워지는 感나무 가슴에 품고 뚜벅뚜벅 나가야 한다.

어느덧 나도 사회생활을 한 지 30년이 넘어간다. 40대 중반을 지나면서 퇴직 이후를 위해 무언가를 해야겠다고 몇 년째 생각만 하고 실천에 옮기지 못하다가, 늦게나마 사회복지 관련 공부를 시작했다. 일단 사이버대학 사회복지학과 3학년에 편입하고, 등록금을 내고 나니 공부도 자동적으로 하게 되었다. 금방 2년이 흘러 졸업과 동시에 사회복지사 2급 자격증도 취득했다.

뭔가 한번 시도하고 보니 다음 도전은 더 쉬웠다. 바로 한

류 붐으로 한국어를 배우려는 외국인들이 많아졌다는 것에 착안해서 한국어 교사가 되기 위해 사이버대학 한국어문화학과에 편입해서 2015년에 한국어교사 2급 자격증을 취득했다.

내 마음 속에 感나무, 날마다 새롭고 또 새로운 날개를 펴고 있다.

# 2부

## 나만의 感나무
## 묘목 찾기

다리가 부러졌다면

목이 부러지지 않은 것에

감사하라.

–웨일스 속담

## 될성부를 感나무 떡잎을 찾아

평북 정주의 명문 오산학교에는 오래 전부터 내려오는 이야기가 있다. 그 동네에는 남의 집 머슴살이를 하는 아주 똑똑한 청년이 살았다. 그는 집안이 가난해서 머슴살이를 했지만 자신의 처지를 비관하거나 부끄러워하지 않고 열심히 일했다.

그는 매일같이 주인의 요강을 깨끗이 닦아놓곤 했다. 그러자 모든 일을 성실하게 수행하는 머슴의 자세를 보고 주인은 청년이 머슴살이를 하기에는 너무 아깝다고 생각했다. 그래서 머슴에게 학자금을 대주며 평양에 있는 숭실학교에 보내 공부를 시켰다. 청년은 숭실학교를 우수한 성적으로 졸업하고 고향으로 돌아와 오산학교의 선생님이 됐다.

이 청년이 바로 민족주의자요 독립운동가로 유명한 조만

식 선생이다.

“여러분이 사회에 나가거든 부디 요강을 닦는 사람이 되십시오.”

그는 제자들이 인생의 성공 비결을 물을 때마다 항상 이렇게 당부했다고 한다.

조만식 선생은 머슴이었던 시절에 남과 다른 특징을 가지고 있었다.

1. 남이 하기 싫은 일을 했다.
2. 시켜서가 아니라 자발적으로 했다.
3. 일회성이 아니라 꾸준히 일을 했다.
4. 항상 기쁨으로 일을 했다.

나는 후배 직장인들을 볼 때마다 그들의 말보다 그들의 행동에 주목하려고 애를 쓴다. 사람은 많은 부분이 베일에 가려져 보이지 않지만 자세히 살펴보면 자신의 본 모습이 솟아나오곤 한다.

"될성부를 나무는 떡잎만 봐도 안다."

회식자리만 해도 그렇다. 고기를 굽고 자르고 하는, 누군가는 꼭 해야 할 궂은일을 당연한 듯이 하는 이가 있고, 궂은 일을 하면 자신의 품격이 떨어진다고 생각하는지 손 하나 까딱하지 않고 자기 입만 챙기는 이가 있다. 비록 업무와 관계없는 일이지만 그 모습에서 이미 될성부른 떡잎은 드러난다. 상사들은 그런 모습 속에서 이미 부하 직원의 사람됨을 알아보고 호감을 갖기 시작한다.

사무실에서도 마찬가지다. 누군가 해야 할 궂은일은 어디에나 있기 마련이다. 그 일을 마치 자신이 일처럼 스스로 알아서 하는 사람은 반드시 업무에서도 두각을 드러내기 마련이다. 상사는 반드시 그 사람을 지켜보다가 실수를 하더라도 감싸주곤 한다.

## 고마워요, 사랑해요 感나무

엔 헤젤은 친구와 산악자전거를 타고 깊은 산에 갔다가 재규어에게 목덜미를 물리는 습격을 받았다. 그녀는 필사적으로 재규어에게서 벗어나려고 했지만 역부족이었다. 의식이 흐려지는 걸 느끼면서 그녀는 마지막 힘을 내어 재규어를 밀쳐내고 거기서 빠져 나올 수 있었다. 그는 헬리콥터로 옮겨져 여섯 시간이 넘는 대수술을 받고 겨우 목숨을 건졌다.

"고마워요!"

"사랑해요!"

그녀가 수술 후에 깨어나서 남편에게 가장 먼저 한 말이다. 도대체 그녀에게 재규어를 밀쳐낼 정도의 불가사의한 엄청난 힘이 어디서 나온 것일까? 그 절박한 순간에 그녀는 오로지 남편의 고마움에 대해 조금이라도 보답하려면 살아야겠다는 생각을 했다고 한다. 남편을 향한 감사의 마음이 재규어를 밀쳐내는 불가사의한 힘을 발휘하게 한 것이다.

월 톰슨은 고등학교 졸업 후 집에서 빈둥거리던 동네 건달이었다. 그는 단지 멋있는 오토바이를 사고 싶은 마음으로 식당에 웨이터 보조로 취직했다. '보조'의 일이 창피했지만 오토바이 때문에 꾹 참고 일했다. 그러던 어느 날 여자 종업원과 고객이 말다툼을 벌였다. 그날 그는 고객보다 종업원의 자세에서 문제점을 발견했다. 그렇게 싸우고 나면 결국 누가 더 손해를 본단 말인가? 고객이야 한번 싸우고 나서 다른 곳을 찾아가면 그만이지만, 우리 식당은 그렇게 싸운 고객이 떠나고 나면 그대로 손해를 볼 수밖에 없지 않은가? 이것은 뭔가 잘못된 것이라고 생각했을 때, 마침 식당 지배인으로부터 비슷한 말을 들었다.

"고객이 없으면 우리는 일자리를 보전할 수 없습니다. 고객의 불만을 불만으로 듣지 말고 더 좋은 환경을 만들어 달라는 요구로 받아들이면 화낼 이유도 없고, 우리 식당을 찾는 이들이 더욱 많을 테니까 고객의 불만에 더욱 감사드리며 귀를 기울여 주기 바랍니다."

그는 그 자리에서 지배인의 말이 가슴에 확 꽂혔다고 한다. 그래서 그때부터 더욱 정성을 다해 고객을 섬기기 시작했다는 것이다.

그는 고객들의 인기투표에서 매달 1위를 차지했다. 그 덕분에 사장의 배려로 야간대학에 진학해 경영학을 공부했고, 학위를 땄을 때는 부지배인으로 승진을 했다. 그 후로 경영대학원에 진학했고, 그 곳에서 아내를 만나 가정을 꾸렸다. 석사학위를 취득한 후에 전문경영인으로 거듭 났다고 한다.

짐 보일스는 잘 풀리지 않는 집안일과 회사 사이에서 샌드위치가 되어 어디론가 도망치고 싶은 충동을 느꼈다. 짐은 상담을 받았고, 감사의 힘을 직접 체험해 보기로 마음먹었다.

그는 자기의 예민한 성격 때문에 화를 자주 낸다는 것을 깨달았다. 그때부터 그는 직장에서 쓸데없이 화낸 일에 대해 사과했고, 직원들의 좋은 점을 찾아 칭찬을 하기 시작했다. 또한 가정에서는 그동안 사소한 것도 들어주지 않고 짜증을 낸 것을 반성했다. 가족에게 그 점을 진심으로 사과했고 그 때부터 적극적으로 집안일을 돕기 시작했다. 그러자 직원들은 더욱 열심히 일해서 실적 1위를 달성했고, 가족들로부터 더욱 사랑 받는 존재가 됐다.

이처럼 '고마워요', '사랑해요' 感나무의 힘은 생각보다 훨씬 위대하다.

## 感나무, 무엇을 선택할 것인가?

어느 마을에 열심히 일해서 땅을 늘려가는 것을 큰 즐거움으로 생각하는 소작농이 있었다. 그 사람은 땅을 많이 가지면 행복할 거라는 생각에 열심히 일을 해서 땅을 늘려 나갔다. 그러나 아무리 노력해도 별로 늘지 않는 땅에 아쉬움이 많았다.

그러는 중 어느 마을에 넓고 비옥한 땅을 아주 싼값으로 살 수 있다는 소식을 들었다. 그는 전 재산을 정리하여 매매계약을 체결하였다. 동이 틀 때부터 해가 지기 전까지 출발지점으로 돌아오면 그 땅을 모두 소유하기로 한 조건이었다. 그는 다음날 아침부터 젖 먹던 힘을 다해서 달렸다. 해가 거의 질 무렵 출발지점으로 도착했으나 너무나 무리를 해서 피를 토하고 죽고 말았다. 그의 종은 그를 그의 몸이 거의 들어 갈 정도의 좁은 땅에 묻었다.

톨스토이의 단편 '사람에겐 얼마만큼의 땅이 필요한가'에 나오는 주인공 바흠의 이야기다.

프리기아의 왕 미다스는 디오니소스의 스승이며 양부인 실레노스를 잘 보살펴준 보답으로 디오니소스로부터 선물을 받게 되었다. 디오니소스가 미다스왕에게 원하는 것은 무엇이든 들어줄 테니 말해보라고 했다. 미다스왕은 자신의 손이 닿은 것은 무엇이든 금으로 변하게 해달라고 요청했다. 디오니소스는 그 요청을 승낙했고 미다스는 그 결과에 너무나 만족해하며 기뻐했다.

그러나 그 기쁨은 곧 공포로 바뀌었다. 음식을 먹기 위해 손을 대는 순간 모든 음식이 금으로 변해버렸다. 포도주를 마시려 해도 손이 닿는 순간 황금이 되어버렸다. 굶어 죽기 직전의 미다스는 디오니소스에게 자신의 마법을 풀어달라고 애원해서 겨우 어렵게 마법에서 풀려날 수 있었다.

그리스 신화의 나오는 '미다스의 손'에 얽힌 유래다. 이 이야기의 교훈은 인생에는 황금보다 더 중요한 것이 있다는 것인데, 요즘은 안타깝게도 그런 교육적인 의미는 빠진 채 '무엇이든 손을 대면 성공한다'는 뜻으로 경제 방면의 전문가들이 쓰고 있다.

나도 어렸을 때는 하고 싶고(To do), 갖고 싶고(To have), 되고 싶은(To be) 꿈이 많았다. 그래서 원하는 것들을 하나하나 이루었고, 풍족하지 못했던 시대에 태어났지만 지금은 웬만한 것은 갖춰 개인적으로 만족한 삶을 살고 있다.

그런데 지금은 이렇게 어느 정도 나이를 먹고 보니 이제는 할 수 있는 것보다 할 수 없는 것들이 점점 많아짐을 깨닫고 있다.

"인생은 B(Birth)에서 시작해 D(Death)로 끝난다. 그런데 B와 D 사이에 C(Choice)가 있어 인생의 묘미가 있다."

장 폴 사르트르의 유명한 말이다. 웬만하면 누구나 한 번 쯤 들어봤을 것이다. 사람들은 대개 〈C〉를 불평(Complain), 비난(Criticize), 위기(Crisis) 등 부정적으로 보는 경향이 있다. 이것을 도전(Challenge), 변화(Change), 기회(Chance)처럼 긍정적으로 보는 사람도 있다. 모두 자신의 신념이나 관점에 따라 의미를 부여한 것이다.

하지만 장 폴 사르트르는 그것을 선택(Choice)으로 봤다. 그렇다. 우리의 인생은 수많은 선택의 연속이다. 그것이 부정적이든 긍정적이든 내가 선택했기 때문에 내게 왔다고 보는 것이다.

선택은 어디까지나 나 자신의 몫이다.

지금 이 순간 우리는 무엇을 선택해야 할 것인가?

내 마음의 한 그루 感나무, 이 얼마나 현명한 선택인가?

# 感나무 행복공식 참-베-즐

괄호( ) 안을 채워보자. 무엇을 채울 것인가?

1. (　)을 걸
2. (　)풀 것
3. (　)겁게 살 걸

사람은 죽을 때가 되면 크게 세 가지를 후회한다고 한다.

첫째, 참지 못한 것에 대한 후회다. 그때 내가 좀 더 여유를 가지고 참았더라면 내 인생이 좀 달라졌을 텐데…. 조금만 참을 걸…. 그 당시에는 그것이 최선이고 그럴 수밖에 없다고 생각했었는데 지나고 나니 좀 더 여유를 가지고 참았더라면 더 나았을 것이라는 생각을 하게 된다는 것이다.

둘째, 베풀지 못한 것에 대한 후회다. 가난하게 산 사람이든 부유하게 산 사람이든 '이렇게 긁어 모으고 움켜쥐어 봤자 별 것 아니었는데 왜 좀 더 나누어 주지 못하고, 베풀며 살지 못했을까?'라는 생각을 하게 된다는 것이다.

셋째, 좀 더 즐기며 살지 못한 것에 대한 후회다. 얼마든지 기쁘고 즐겁게 살 수 있었는데 왜 그렇게 빡빡하고 재미없게 살았는가에 대한 회한이다. 내가 즐기지 않은 만큼 주변 사람들을 힘들게 한 것에 대한 후회가 크게 밀려온다는 것이다.

메뚜기가 하루살이와 놀다가 저녁이 되어 헤어지면서 말했다.

"하루살이야, 내일 또 만나자."

하루살이가 갸우뚱하며 물었다.

"내일이 뭐니?"

하루살이는 이름 그대로 하루살이였기에, 그 밤을 넘기지 못하고 세상을 떠났다. 친구를 잃은 메뚜기는 하늘을 나는 참새를 만나 즐겁게 놀았다. 어느 날 참새가 메뚜기와 헤어지며 말했다.

"메뚜기야, 내년에 다시 만나자."

이번엔 메뚜기가 어리둥절했다.

"내년이 뭐니?"

메뚜기 역시 그해 겨울을 넘기지 못하고 죽었다.

메뚜기는 얼마나 더 살까? 우리 인생은? 한번쯤 인생에 대해 생각해 보게 만드는 이야기다. 우리 인간도 기껏해야 백 세를 넘기기 어렵다. 하루살이와 메뚜기, 참새에 비해 오래 사는 것 같지만, 언젠가는 막을 내려야 한다. 그때 나는 어떤 모습으로 갈 것인가?

"인생에서 가장 후회하는 일이 무엇입니까?"

강의 시간에 물어보면 많은 이들이 가족, 친구들에게 잘하지 못한 것을 후회한다고 답한다. 이것은 아주 오래 전부터 많은 이들이 해온 후회지만, 지금 이 순간에도 많은 이들이 반복적으로 저지르는 실수다. 그렇다면 우리는 왜 이런 실수를 반복하고 있는 것일까?

사람들은 가족이나 친구가 '계속해서 제 곁에 있을 것'이라고 생각한다. 언제까지 오래 살 것이라고 착각하는 것이다. 그렇기 때문에 자기 마음대로 하고, 어느 순간 소중한 이들이 곁을 떠나게 될 때가 되어야 정신을 차리고 후회하게 되는 것이다.

'언젠가는 내 곁에서 사라질 사람.'

소중한 사람일수록 이런 생각을 더욱 해야 한다. 평생 7남매를 키우고 가르치시느라 고생하셨던 아버님도 취업한 다음에 효도하려 하니 떠나고 안 계신다. 나는 아들을 하늘나라로 떠나보내고 나서야 함께 했던 짧았던 시간이 얼마나 소중했던 시간이었는지 실감할 수 있었다. 소중한 사람이 언제 내 곁을 떠날지 아무도 모른다.

"있을 때 잘 해!"

결코 유행가 가사로 흘러 들을 이야기가 아니다. 나는 지금 내 곁에 있는 사람을 위해 무엇을 할 것인가?

"인생은 리허설 없는 생방송이다."

따라서 앞서간 사람의 이야기를 바탕으로 잘못된 길을 걷지 않기 위해 노력해야 한다. 앞서간 사람들이 이야기에 귀를 기울이고 집중해야 하는 이유가 여기에 있다.

〈참-베-즐〉, 후회하지 않는 인생을 살기 위해서라도 우리는 이 세 박자를 가슴에 새겨야 한다.

## 감사의 분량이 感나무의 분량

넬슨 만델라 전 남아프리카공화국 대통령은 무려 27년 간 감옥생활을 했다. 그는 출옥할 때 70세가 넘었는데도 불구하고 아주 건강하고 씩씩한 모습으로 걸어 나왔다. 취재기자가 물었다.

"다른 사람들은 5년만 감옥살이를 해도 건강을 잃어서 나오는데, 어떻게 27년 동안 감옥살이를 하고서도 이렇게 건강할 수 있습니까?"

그가 대답했다.

"나는 감옥에서 하나님께 늘 감사했습니다. 하늘을 보고 감사하고, 땅을 보고 감사하고, 물을 마시며 감사하고, 음식을 먹으며 감사하고, 강제노동을 할 때도 감사하고, 늘 감사했기 때문에 건강을 지킬 수 있었습니다."

"감사의 분량이 곧 행복의 분량이다."

인도의 시성 타고르의 말이다. 이것을 보면 '감사'의 힘은 시대와 지역, 인물을 초월해서 발휘되는 것을 알 수 있다.

누구나 크고 작은 어려움을 겪는다. 누구나 어려움 없이 평생을 살고 싶지만 그게 마음대로 되지 않는 게 현실이다.

세상에는 그런 어려움을 성공의 발판으로 삼는 이가 있는가 하면, 어려움에 굴복해서 스스로 무너지는 사람이 있다. 어느 쪽을 선택하느냐는 전적으로 자신에게 달려 있다.

1960년대와 70년대에 큰 인기를 얻었던 배우 엄앵란 씨가 TV 건강프로그램에서 녹화를 하던 중에 유방암 판정을 받았다. 그런데 그는 아무렇지 않게 말했다.

"아이고 80 넘은 고목나무가 암 걸렸다는데, 뭐 괜찮아요. 초기에 발견한 것만도 감사한 일이지요."

내심 엄청 불안할 텐데 여유를 보이는 모습에서 한때 시대를 풍미했던 원로배우의 연륜이 느껴졌다. 그녀는 예전에도 인터뷰에서 이렇게 말했다.

"꽃피는 봄인가 싶으면 어느새 겨울이고, 추운 겨울인가 싶으면 또다시 따스한 봄바람이 불어와요. 인생에서 희망의 끈은 절대 놓으면 안 됩니다."

내일 죽는다 해도 후회 없는 삶을 사는 이들의 마음가짐을 새겨볼 필요가 있다. 감사의 분량이 행복의 분량이라는 말이 새롭게 다가온다.

## 시도하라, 그래야 이룰 수 있다

몇 해 전 여름휴가지에서 있었던 일이다. 수년 전부터 벼르고 별러서 11박 12일 일정으로 떠난 유럽여행이었다. 8일째 되는 날 아침 오스트리아 비엔나에서 체코의 프라하에 가는 버스를 타고 가는 중이었다.

"아빠, 카메라를 두고 왔어요."

약 30분 정도 지났을 때 사진촬영을 담당했던 막내딸이 대합실에 카메라를 두고 왔다고 했다. 순간 카메라를 잃어버린 것도 그렇지만, 그동안 찍은 사진을 잃어버린 생각에 가족 모두가 기분이 엉망이 되었다. 말도 잘 통하지 않은 곳에서 일어난 일이라 달리 취할 방법이 없었다. 잠을 청했으나 머리에는 온통 잃어버린 카메라와 찍은 사진에 대한 생각밖에 없었다. 고민 끝에 타고 온 버스회사에 이메일을 보내기로 했다. 지푸라기라도 잡는 심정으로 스마트폰을 이용해서 이메일을 보냈다.

'체코 가는 버스승객인데, 대합실에 카메라를 두고 탔는데 혹시 분실물 센터에 카메라가 있는지 확인해서 알려 주세요.'

한 30분이 지나 혹시나 하고 메일을 확인해보니 답장이 와 있었다.

'회사 사무실에 카메라를 보관하고 있습니다. 다음 버스 편에 보내줘야 할지, 아니면 돌아와서 찾아갈 것인지 알려 주시오.'

우리는 모두 환호성을 질렀고, 다음 버스 편에 보내달라고 요청해서 카메라를 찾았다. 그 후로 우리는 카메라를 잃어버리기 전보다 더 즐거운 여행을 할 수 있었다.

"시도하지 않으면 아무것도 할 수 없다."

그때 더욱 절실히 깨달은 말이다. 우리는 뭔가 새로운 것을 하려면 두려움과 떨림으로 주저한다. 그렇게 1년을 넘기고, 3년 더 나아가 5년을 넘겨 시작하기도 하지만, 어떤 경우는 평생 시도도 하지 못하는 경우도 있다. 어릴 때는 자신감이 부족해서 못하고, 나이가 들면 실패에 대한 두려움 때문에 못한다.

하지만 뭔가 한번 해봐서 원하는 것을 얻게 되면 그 다음부터는 새로운 것을 시도하기가 쉽다. 따라서 뭔가 해야 할 일이 있을 때는 일단 시도해놓고 보는 것이 좋다. 시도하지 않으면 아무것도 할 수 없다. 카메라를 잃어버렸다고 지레 포기했다면 이메일 보낼 생각은 하지도 못했을 것이고, 그랬다면 카메라는 분명히 찾을 방법이 있었는데 끝내 찾지도 못했을 것이다.

# 기회는 준비된 이에게 발견된다

"기회는 노력하고 준비하는 사람에게 더 빨리 찾아온다."

구미의 춤꾼 황치열은 음악 경연 프로에서 아버지를 향한 노래 한 곡으로 대중의 인기를 얻었다. 그리고 그 여세를 몰아 중국판 '나는 가수다'에서 실력을 인정받고 승승장구함으로써 일약 유명 가수의 반열에 올랐다.

품바타령으로 무명의 세월을 보내던 이애란 씨는 '백세인생'이라는 노래 하나로, 가수 인생 25년의 화려한 날개를 달기 시작했다.

이 외에도 방송이나 무대에서 대타로 나섰다가 그 자질을 인정받아 일약 유명 연예인으로 자리 잡은 이들이 참 많다.

어쩌면 우리에게도 이런 기회는 수없이 왔는지 모른다. 단지 그 기회가 내 인생을 송두리째 바꿔줄 절호의 기회인 줄 모르고 지나친 경우가 많았을 뿐이다.

황치열이 아버지를 향한 노래를 부르기 전에 자신의 인생을 비관하는데 시간을 보냈다면 어떻게 되었을까? 이애란 씨가 무명생활을 불평불만으로 보냈다면 어떻게 되었을까? 내가 왜 대타 인생밖에 되지 않느냐고 대타의 기회를 대충 시간이나 때우는 식으로 보냈다면 어떻게 되었을까?

기회는 불평과 불만으로 보내는 이에겐 잡히지 않는다. 바람처럼 구름처럼 스쳐 지나갈 뿐이다.

직장생활을 하다 보면 어떤 이는 왜 내게 기회를 주지 않느냐며 윗사람을 원망하는 경우가 있다. 그런데 그런 사람에게 막상 그런 기회를 주려고 하면 정작 그 일을 할 만한 능력을 갖추지 못하고 있어 기회를 흐지부지 놓쳐버리는 경우가 많다.

내게 기회를 주지 않는다고 불평 불만할 시간이 있으면 차라리 실력을 다지는 시간으로 활용해야 한다. 진리는 너무나 간단하다. 기회를 잡길 원한다면, 그 이전에 실력을 갖춘 준비된 사람이 되어 있어야 한다.

기회는 준비된 이에게 발견된다.

# 문제가 클수록 선물도 크다

34살에 런던올림픽 유도에서 금메달을 딴 송대남 선수는 초등학교 때부터 대학까지 대회에서 1등을 놓치지 않았다고 한다. 그래서 2008년 베이징올림픽에 당연히 출전할 줄 알았다고 한다. 하지만 출전을 앞둔 최종평가전에서 81Kg급에서 금메달을 딴 김재범 선수에게 져서 출전을 못하게 되었다. 이로 인한 좌절로 방황하던 그는 다시 마음을 가다듬고 90Kg급으로 한 체급을 올려 올림픽에 도전을 해서 기어이 금메달을 목에 걸었다.

알렉산더 플레밍(Alexander Fleming)은 런던에 있는 그의 실험실에서 박테리아에 관한 실험을 하고 있었다. 어느 날

실험실의 박테리아 배양접시에 곰팡이가 날아 들어와 박테리아를 죽였고 실험은 엉망이 되어버렸다. 이로 인해 좌절했던 플레밍은 세균 배양도구들을 버리고 새로 실험을 시작하려는데, 그때 마침 박테리아를 죽인 곰팡이가 눈에 띄었다고 한다. 그는 곰팡이를 연구하기 시작했고, 그 결과 발견한 것이 페니실린이다. 그는 페니실린을 그 발견함으로써 노벨의학상을 수상했고, 제2차 세계대전에서 수백만 명의 생명을 구하는데 큰 기여를 했다.

세상에는 성공하는 사람도 있고 실패하는 사람도 있다. 왜 이런 차이가 나는 걸까? 노먼 빈센트 필(Norman Vincent Peale)박사는 이렇게 말한다.

"신은 선물을 보낼 때 '문제'라는 종이로 포장해서 보낸다. 문제가 클수록 선물도 그만큼 크다."

성공하거나 행복을 추구하는 이들은 어려운 상황에 처했

을 때도 그것을 신이 준 선물이라고 생각한다. 괴로움이 클수록 그만큼 큰 선물이 왔다고 생각한다는 것이다.

지금 어떤 문제에 봉착해 있는가?
눈을 크게 뜨고 그 속에 있는 선물을 바라보자.
문제가 클수록 선물도 크다.

# 3부

## 마음 마당에
## 感나무를 심자

감사는 최고의

항암제요 해독제요

방부제다.

―존 헨리

## 구나구나 좋은 感나무

오랫동안 직장생활을 하면서 회사 업무로 인한 갈등으로 사람들 사이가 멀어지는 모습을 많이 보았다. 이런 모습을 볼 때마다 참으로 안타까웠다.

갈등으로 사이가 벌어지는 것은 대개 상대방의 이야기는 끝까지 들어주지 않고 자기 의견만을 상대방이 들어 주기를 바라기 때문이다.

상대방이 내 말을 들어주기를 바란다면 내가 먼저 상대방의 이야기를 들어주는 습관이 필요하다. 내가 상대방의 말을 들어주면 상대방은 속마음을 거침없이 털어놓게 된다. 그러면 오히려 상대방에 대해 더 많은 것을 알게 돼서 내가 유리한 쪽으로 의견을 관철시킬 수 있다는 것을 알아야 한다.

상대방의 마음을 열기 위해서는 공감적 경청이 필요하다. 공감적 경청은 첫째로 상대가 하는 말을 진심으로 들어주며, 둘째는 상대가 말하는 중간 중간에 맞장구를 쳐주는 것이다. 셋째는 상대방이 한 내용을 확인해 주는 것이며, 마지막으로 내가 상대방의 말을 공감하고 있다는 것을 나의 말로 표현해 주는 것이다.

"진짜? 힘들었겠구나!"
"세상에! 정말 짜증이 났겠구나!"

상대가 말하는 사이에 이렇게 맞장구를 치면 상대로 하여금 내가 잘 경청하고 있다는 것을 보여줌으로써 상대의 마음을 쉽게 열 수 있다.

이것을 '구나구나' 대화법이라 부른다. 상대의 말에 '구나구나' 맞장구를 쳐줌으로써 상대의 마음을 열고, 갈등을 해결하는 가장 좋은 방법이다.

과거에는 갈등이 생기면 억지로 빨리 덮으려는 경향이 많았다. 하지만 요즘에는 조직에서 갈등의 순기능에도 주목하고 있다. 갈등을 통해 문제가 바로 해결되어야 경쟁력을 높일 수 있기 때문이다. 제대로 관리되는 갈등은 오히려 조직의 생산성을 높이고 발전적 아이디어로 이어질 수 있다고 믿는 것이다.

인텔의 전 CEO 앤디 그로브는 인텔의 성공 원인을 '격렬한 논쟁과 갈등'이라고 언급하며 '건설적 대립'을 조직문화의 큰 원칙으로 삼았다. 드러나지 않은 감정은 삭혀지고 가라앉는 게 아니라 가슴 한 구석에 쌓였다가 엉뚱한 방식으로 폭발하는 경우가 있기에 적절히 표출되는 갈등이 오히려 덜 위험하다고 믿는 것이다.

이때 필요한 것이 상대의 말에 '구나구나'하며 상대방을 인정하며 대꾸하는 것이다. 내 마음 속에 구나구나 좋은 感나무 하나 키우면 웬만한 갈등은 쉽게 해결해 나갈 수 있다.

# 텃밭처럼 가꿔가는 感나무

게 한 마리를 잡아 바구니에 넣어두면 금방 밖으로 빠져나온다. 하지만 두 마리 이상을 넣어 두면 한 마리도 빠져나오지 못한다. 게는 서로를 끌어내리는 본능을 가지고 있다. 그래서 누군가 바구니를 나가기 위해 올라가면 그 꼴을 못 보고 끌어내리기 때문에 결국은 한 마리도 밖으로 나오지 못하는 것이다.

〈뒷다리 이론〉이 여기서 나왔다. 남이 잘 되는 것을 보지 못하는 마음, 극히 이기적인 인간의 마음을 경계하는 이론이다. 상대를 배려하면 함께 살지만, 남이 잘 되는 꼴을 못 보면 공멸할 수밖에 없다는 것을 일깨워주는 말이다.

"진정으로 성공한 사람은 남이 잘되는 걸 기뻐하는 사람, 남이 성공하도록 돕는 사람이다."

우리는 어렸을 때 이런 마음을 갖고 있었다. 실제로 우리가 어렸을 때 가졌던 순수한 마음을 보여주는 사례가 있다.

2016년 부산의 달산초등학교 체육대회에서 있었던 일이다. 달리기 경주가 있었다. 중간쯤에서 2등으로 달리던 친구가 친구 다리에 걸려 넘어졌다. 그러자 다른 친구 서너 명이 그 자리에 멈춰서 친구를 일으키고 있었다. 1등으로 달리던 아이도 뒤돌아 와서 친구를 일으켜 세우는데 동참했다. 그때 누구든지 앞만 보고 달렸으면 쉽게 1등을 할 수 있었다. 하지만 그들은 아무도 그러지 않았다. 넘어진 친구를 부축해서 끝까지 골인 지점에 와서 넘어진 친구가 1등으로 테이프를 끊도록 했다. 경쟁에 찌든 어른의 입장에서는 생각하기 힘든 감동의 자리를 만든 것이다.

우리 동네에 텃밭 만들기가 유행처럼 번지고 있다. 작은 공간이지만 상추, 고추, 케일, 토마토, 부추 등 다양한 채소를 심는 데 열을 내고 있다.

"농작물이란 원래 농부의 발소리를 듣고 자랍니다. 주인장의 손길이 이렇게 자주 가니까 성장이 빠르네요! 참 보기 좋습니다."

한번은 우리 텃밭에 있는 채소들이 쑥쑥 자라는 것을 보고 동네 어르신이 말씀하셨다. 나는 그 말을 듣고 생각했다. 인생이란 〈가꾸어 가는 것〉이지, 〈어디서 떨어지는 것〉이 아니라고.

어렸을 때 우리는 달산초등학교 학생들처럼 서로를 생각하는 마음의 씨앗을 갖고 있었다. 그런데 그것을 제대로 가꾸지 못했다. 그러다 보니 어느 새 게처럼 뒷다리 잡기에 능숙해졌는지 모른다.

이제부터라도 바로 잡는 노력을 기울여야 한다. 이대로 방치하면 우리는 게만도 못한 인간으로 떨어질 수 있고, 가꾸지 못해 씨앗만 뿌리고 제대로 된 결실 하나 제대로 거두지 못하는 텃밭의 주인으로 전락하고 말 것이다.

## 나만의 感나무 통장을 채우기

'유엔 행복회의'는 세계 각국 대표와 경제학 · 사회학 · 인류학 학자들로 구성되며 유엔에서 '행복'을 본격적으로 논의하는 회의이다.

이 첫 회의의 주재국은 1인당 국내총생산(GDP) 1800달러의 가난한 나라 부탄이었다. 이 회의를 참석하기 위해 뉴욕을 찾은 지그메 틴레이 부탄 총리는 1972년 왕추크 국왕이 '행복을 국가의 지상 목표로 삼자'고 선언한 후 GDP가 아닌 GNH(Gross National Happiness)을 국가 성장의 기본 지표로 삼아왔다고 한다.

부탄 국왕의 자식이 태어나자, 부탄의 국민들은 민둥산에 나무를 심었다. 국가의 경사에 야단스럽게 축제를 즐기는 것이 아니라, 국가의 미래를 위해 나무를 심은 것이다. 국가의 경제발전보다는 국민의 행복을 먼저 생각하는 부탄 국왕의 뜻을 알 수 있다. 부탄 사람들은 행복을 가져다주는 것은 돈, 경제적 부가 아니라, 사람들과 함께 어울려 오순도순 사는 것이라고 믿는다.

한 일간지에서 한국의 중산층을 4년제 대학을 나오고, 10년 이상 한 직장에 다니며 월소득 400만 원 이상에 30평대 아파트에 살면서 2000cc 이상의 자동차를 소유하고 있는 자라고 정의했다.

이 정도는 돼야 대한민국에서 중간 또는 그 이상이라는 것인데 과연 이 조건을 갖춘 사람들은 얼마나 행복하게 살고 있을까?

이런 조건과 기준을 숫자로 정해 놓는 것 자체가 또 다른 스트레스가 아닐까?

"중산층은 외국어 하나쯤 자유롭게 하고 별미 하나쯤 만들어 손님을 대접할 줄 알고 스포츠를 즐기며 악기 하나쯤 다룰 수 있는, 그리고 사회 정의가 흔들릴 때 이를 바로잡기 위해 나설 줄 아는 사람이다."

퐁피두 전 프랑스 대통령은 중산층의 개념을 이렇게 말했다. 이 내용 어디에도 숫자는 없다. 자신의 선택에 따라 기준은 달라진다. 행복을 만드는 주체는 바로 나 자신인 것이다.

"내일 갑자기 장님이 될 사람처럼 여러분 눈을 사용하십시오. 소리를 갑자기 못 듣고, 말을 갑자기 못할 것 같은 마음의 자세로 살아가십시오."

헬렌 켈러의 수필집 '사흘만 볼 수 있다면'에서 만난 말이다. 이 글이 주는 메시지는 무엇일까? 지금 보고, 듣고, 말할 수 있다는 것만으로도 우리는 충분히 행복할 조건을 갖췄다. 지금 내가 갖고 있는 것만 잘 봐도 충분히 감사할 일은 많다.

행복은 멀리 있지 않고 바로 내 안에 있다. 누군가에 의해 비교되고 평가되는 행복보다 스스로 행복의 주인이 되어, 스스로 만들어 가는 작은 행복들이 나에겐 훨씬 더 소중한 것이다.

일상의 소중한 행복을 모으고 모아서 나만의 행복으로 가득 찬 感나무 통장을 만들어 보자.

## 감사의 마음으로 感나무 가지치기

미국의 한 변호사 이야기다. 변호사로 개업한 후 일감이 없어 사무실은 망해가고, 결혼생활도 파경에 이르렀다. 심지어 자식들과도 멀어지는 바람에 그야말로 막장으로 치닫게 되었다.

"네가 가지고 있는 것들에 감사하는 법을 배울 때까지
네가 원하는 것을 얻지 못할 것이다."

파멸의 막장으로 치닫게 되자 문득 어린 시절에 들었던 할아버지 말씀이 떠올랐다고 한다. 그는 그 순간 상황이 좋든 나쁘든 항상 곁에 있었던 좋은 것들을 떠올렸다. 그러자 항상 자신의 곁에는 좋은 것들이 있었는데, 단지 자신이 그 것을 보지 못했을 뿐이란 것을 깨달았다.

그때부터 하루를 마치면 반드시 〈감사의 손 편지〉를 써서 부치기 시작했다. 말은 거창하게 편지라고 했지만 사실은 진심을 담은 짧은 쪽지에 불과했다. 그 쪽지의 수취인은 가족과 동료는 물론, 아침마다 밝게 인사해준 커피숍 직원, 수임료 제때 보낸 의뢰인, 성실하게 인사해준 아파트 관리인까지 다양했다. 가끔은 감사할 대상을 찾기 힘든 날도 있었지만, 하루도 거르지 않고 꼬박꼬박 365통을 채우자 놀라운 변화를 겪기 시작했다.

사람과 세상을 바라보는 시각이 바뀌면서 사랑하는 사람이 생기고 꿈꾸던 판사직도 얻게 되었다. 인생의 엄청난 변화를 겪은 것이다.

나 역시 〈감사편지 프로젝트〉를 시도해봤다. 강의장에서 고맙다고 격려해준 교육생, 강의를 받고 음료수를 건네 준 사람, 택배 배달해 주시는 기사님, 항상 저를 잘 대해주시는 경비아저씨, 청소로 주변을 깨끗하게 치워주시는 분 등 이루 다 말할 수 없이 그 대상이 많아지기 시작했다.

나는 이 작업을 〈감사의 마음으로 가지치기〉 라고 이름 붙였다. 〈감사의 마음으로 가지치기〉는 평생 갖고 있는 빚을 탕감하면서 감사의 가지를 넓혀가는 것이다.

우선 감사할 사람의 명단을 작성해 보자. 가장 먼저 늘 도움을 받지만 무심코 지나가는 분들을 명단에 올리는 것이다. 일상에서 한 사람 한 사람 찾아야 한다.

그 다음에는 직접 써야 한다. 앞에서 찾은 한 사람 한 사람에게 직접 감사 편지를 쓰는 것이다. 다들 어려워하는데, 이메일이나 문자 보내기로 정성을 담아서 보내면 된다.

중요한 것은 무엇보다 먼저 진심을 담아야 한다. 거창하게 생각하지 말고 도움을 받은 일에 대해 자신의 진심을 담아 전하면 좋다. 그렇다고 구구절절이 써야 한다는 것이 아니다. 대가를 바라지 말고 그냥 있는 그대로 그냥 써서 보내면 된다.

지금 당장 시작해 보자. 특별히 준비할 것도 없다. 그냥 종이 한 장 펼쳐놓고 마음을 담으면 된다. 그게 진짜 감사의 편지다.

주기적으로 해보자. 지금부터 누군가에게 어떤 도움이라도 받았으면 바로바로 그들에게 마음을 전해 보자.

# 클레임 感나무를 사랑하라

나는 정말 좋은 고객입니다. 나는 어떤 종류의 서비스를 받더라도 불평하는 법이 없습니다. 음식점에 갈 때에는 들어가 조용히 앉아서 종업원들이 주문을 받기를 기다리며 그 사이에 절대로 종업원들에게 주문을 받으라고 요구하지도 않습니다.

종종 나보다 늦게 들어온 사람들이 나보다 먼저 주문을 받더라도 나는 불평하지 않습니다. 나는 기다리기만 할 뿐입니다.

그리고 내가 무엇인가를 사기 위해 상점에 가는 경우 나는 고객의 권력을 휘두르려고 하지 않습니다. 대신 다른 사람들에 대하여 사려 깊게 행동하려고 노력합니다.

만약 무엇을 살 것인지를 결정하지 못해 여러 물건을 놓고 고심하고 있을 때, 옆에 서 있는 판매원이 귀찮다는 듯이 행동하더라도 나는 최대한 예의 바르게 행동합니다.

언젠가 내가 주유소에 들른 적이 있는데 종업원은 거의 5분이 지난 후에야 나를 발견하고는 기름을 넣어주고 자동차 유리를 닦고 수선을 떨었습니다.

그러나 내가 누구입니까? 나는 서비스가 늦은 것에 대하여 일언반구도 하지 않고 그 주유소를 떠났습니다. 나는 절대로 흠잡거나 잔소리를 한다든가 또 비난을 하지 않습니다.

그리고 나는 사람들이 종종하듯이 시끄럽게 불평을 늘어놓지도 않습니다. 나는 그런 행동들이 쓸데없다는 것을 알고 있기 때문입니다.

솔직히 나는 멋진 고객입니다. 여러분, 내가 누구인지 궁금하십니까? 나는 바로 "다시는 돌아오지 않는 고객" 입니다.

- 이유재의『서비스 마케팅』中에서

기업은 고객의 클레임(claim)을 잘 처리하는 것이 매우 중요하다. 고객불만을 잘 처리하면 고객의 충성도가 올라가지만 그렇지 못하면 고객은 즉시 이탈하기 때문이다.

미국 갤럽조사에 따르면 고객서비스에 불만을 느낀 고객 중 불만을 말로 표현하는 사람은 4%에 지나지 않는다고 한다. 나머지 96%는 침묵하고 있을 뿐이라는 것이다.

고객을 단골로 만드는 데는 10년이 걸리지만 고객을 잃는 데는 단 10분도 걸리지 않는다. 그래서 고객을 단골로 만들기 위해서는 4%의 불만 고객의 말을 듣는 것보다 96%의 침묵하는 고객의 불만에 더욱 귀를 기울여야 한다.

존 굿맨(John Goodman)이라는 사람이 발견한 법칙 중에 이런 것이 있다. 일반적으로 고객이 평소에 아무런 문제를 느끼지 않은 상황에서 매장을 재방문할 확률은 10% 정도라고 한다. 하지만 불만사항을 말하려고 온 손님에게 기업이 진지하게 대응해서 좋게 해결을 해주면 그 고객이 매장을 재방문할 확률은 65% 이상이 된다고 한다. 다시 말해 불만고객에게 직원이 충분히 대응을 하면 불만이 없었던 고객보다 재방문할 확률이 높아진다는 것이다. 사람들은 이것을 '존 굿맨의 법칙'이라 한다.

하인리히 법칙에 〈1 · 29 · 300〉이라는 말이 있다. 하나(1)의 큰 재해 속에는 29건의 경미한 요인이 있으며, 또 그 속에는 300건의 작은 실수나 '재해(잠재)요인'이 있다는 것이다.

즉 기업이 만든 제품에 큰 하자가 있다면 그 이면에는 반드시 29건의 가벼운 클레임 정도가 존재하고, 그 29건에는 또 작은 잠재적 실패요인이나 징후가 300건 정도 들어 있다는 것이다. 그러니까 어떤 사건이 터지기 전에는 300여 건의 작은 징후들이 보이는데, 그것을 보지 못하고 방치하다가 결국 큰 사건을 초래하게 된다는 것이다.

이것을 달리 말하면 큰 사건을 예방하기 위해서는 사전에 보이는 작은 징후 300여 가지에 주의를 기울여야 한다는 말과 같다.

세상에는 평소에 대수롭지 않게 생각한 것들에 의해 무너지는 것들이 많다.

입에 쓴 약이 몸에 좋다. 입에 단 약을 찾다가 병이 깊어질 수 있다. 우리네 삶도 마찬가지다. 우리 곁에 좋은 사람만 있다면 얼마나 좋겠는가? 하지만 세상은 그렇게 단순하지 않다. 좋은 사람이 내 곁에 있기를 바라는 마음보다 클레임 感나무를 사랑하는 것이 내 삶을 더욱 풍족하게 하는 지름길일 수 있다.

내 마음의 클레임 感나무를 사랑하자.

## 매일매일 지극정성 感나무 돌보기

옛날에 시어머니가 너무 고약하게 굴어서 도저히 견딜 수 없다는 며느리가 있었다. 사사건건 트집이고, 하도 야단을 쳐서 나중에는 시어머니 음성이나 얼굴을 생각만 해도 속이 답답하고 숨이 막힐 지경이 되어 버렸다. 이러다가 시어머니가 죽지 않으면 내가 죽겠다는 위기의식까지 들게 되어 며느리는 몰래 용한 무당을 찾아갔다.

무당은 이 며느리의 이야기를 다 듣고는 비법이 있다고 했다. 눈이 번쩍 뜨인 며느리가 그 비법이 무엇이냐고 다그쳐 물었다. 무당은 시어머니가 가장 좋아하는 음식이 무엇이냐고 물었다. 며느리는 인절미라고 했다. 무당은 앞으로 백 일 동안 하루도 빼놓지 않고 인절미를 새로 만들어 아침 점심 저녁으로 드리면 백일 후에는 시어머니가 이름 모를 병에 걸려 죽을 것이라고 했다. 며느리는 신이 나서 돌아왔다. 찹쌀을 씻어서 정성껏 씻고 잘 익혀서 인절미를 만들었다.

'이 년이 곧 죽으려나, 왜 안 하던 짓을 하고 난리야?'

시어머니는 처음에 이렇게 생각했지만 며느리는 아무 소리도 하지 않고 매일같이 지극정성으로 인절미를 올렸다.

시어머니는 그렇게 보기 싫던 며느리가 매일 새로 몰랑몰랑한 인절미를 해다 바치자 며느리에 대한 마음이 조금씩 조금씩 달라지면서 야단도 덜 치게 되었다.

두 달이 넘어서자 시어머니는 하루도 거르지 않는 며느리의 마음 씀씀이에 감동이 되어 동네 사람들에게 해대던 며느리 욕을 거두고 반대로 침이 마르게 칭찬을 하기 시작했다.

석 달이 다 되어 가자 며느리는 사람들에게 자신을 야단치기는커녕 칭찬하고 웃는 낯으로 대해 주는 시어머니를 죽이려고 한 자신이 무서워졌다. 이렇게 좋은 시어머니가 정말로 죽을까 봐 덜컥 겁이 났다. 며느리는 있는 돈을 모두 싸들고 무당에게 달려갔다.

"제가 잘못 생각했으니 시어머니가 죽지 않을 방도만 알려 주세요. 그러면 여기 있는 돈을 다 드리겠습니다."

며느리는 무당 앞에서 닭똥 같은 눈물을 줄줄 흘렸다. 그러자 무당은 빙긋이 웃으며 말했다.

"미운 시어머니는 벌써 죽었지?"

싫은 상사나 동료를 죽이는 방법도 마찬가지다. 떡 한 개로는 안 된다. 적어도 며느리처럼 백 번 정도는 인절미를 해다 바쳐야 미운 놈(?)이 죽게 된다.

밥이나 커피를 사 주고 뭔가 그 사람이 필요로 하는 물건이나 일을 당신이 해 줄 수 있는 일이 있다면 해 주어라. 또한 칭찬할 일이 생기면 칭찬해 주어라. 이런 일들을 할 때마다 수첩에 바를 정(正)자 그려 가며 딱 100번만 해 보면 미운 그 놈(?)은 정말 없어질 것이다.

직장에서 싫은 사람이 있으면 직장생활 자체가 무척 힘들다. 일이 힘든 게 아니라 사람이 힘든 것이다. 사람 관계에서 대부분의 경우에는 내가 싫어하면 상대방에게도 그 마음이 전달되어 관계가 갈수록 불편해지기 마련이다.

"미운 놈 떡 하나 더 준다."

조상님들이 괜히 이런 말씀을 하신 것이 아니다. 옛 선인들의 지혜를 우리는 받아 들여야 한다. 미움을 사랑과 정성으로 죽이는 방법이다. 이 얼마나 기발한 발상인가?

내 마음의 感나무는 매일매일 정성을 다해 가꿔야 한다. 그러다 보면 반드시 언젠가 그 열매를 얻을 수 있다. 남이 부러워하는 열매는 그냥 맺어지는 게 아니라 남이 보지 않은 곳에서 온갖 정성을 투입해서 맺어진 것이다.

# 사랑과 배려, 감동 感나무

미국에서 한 여자가 주거 단지에서 강도의 칼에 찔려 살해를 당한 일이 있었다. 그때 주거단지에는 38명의 목격자가 있었는데도 불구하고 30분여에 걸쳐 여자가 칼부림을 당하는 데도 누구 하나 구하기 위해 나선 사람이 없었다. 38명 중에 경찰이나 병원에 신고한 사람은 단 한 명도 없었다.

고령사회인 일본에서는 일 년 동안 무연사(無緣死)하는 독거노인 수가 3만 2천여명에 달해 심각한 사회문제가 되고 있다. 사회적으로 고립된 채 빈곤과 질병에 허덕이다 죽음에 이르기 때문에 고독사(孤獨死)라고도 한다.

우리나라도 일본 못지않게 빠른 속도로 고령화 사회로 진입하고 있다. 고독사 수가 한 해에 1천 여 명에 달하며 독거 노인 중 사회적 관계가 끊긴 '고독사 위험군'이 30만 명으로 추산된다고 한다. 바로 우리 앞에 닥친 결코 무시하고 넘길 수 없는 심각한 문제다.

세상은 점점 각박해지고 있다. 이럴 때일수록 우리는 더욱 행복의 조건을 챙겨야 한다. 애써 챙기지 않으면 나도 모르게 각박해진 사회에 물들어가서 동물만도 못한 삶을 살게 되는 것이다.

시골 장터 한구석에 강아지를 파는 노인이 있었다. 주변 가득 예쁜 강아지들이 놀고 있는데 한 아이가 쪼그리고 앉아 강아지들을 유심히 살피더니 한 마리를 지적하며 가격을 물었다.

"그건 제일 싼 거야. 다리가 불편하거든. 절름발이야. 이쪽 강아지가 건강하고 더 좋아. 이걸 사지 그러니? 싸게 줄게."

"아니요. 아저씨, 다리를 저는 애를 주세요."

"글쎄 그건 가져가 봐야 짐밖에 안 돼. 이걸 싸게 준다니까."

하지만 아이는 막무가내였다. 끝내 절름발이 강아지를 사서 품에 꼭 안고 일어섰다.

"아저씨 고마워요. 많이 파세요. 안녕히 계세요."

강아지를 품에 안고 돌아서 걸어가는 아이의 걸음을 무심코 바라보던 노인은 "아!" 하고 탄성을 질렀다. 강아지를 안은 그 아이의 한쪽 다리도 불편해 보였다.

동병상련이라고 했던가? 우리는 내 입장에서 세상을 재단해서는 안 된다. 최대한 타인의 입장에서 이해하려는 배려의 마음을 가져야 한다. 그것이 나뿐만 아니라 우리 모두를 위하는 길이다.

사랑의 반대말은 미움이 아니라 무관심이다. 사소한 일이라도 남을 배려하면 내 마음의 感나무엔 감동이라는 열매가 열린다는 것을 알아야 한다. 感나무가 가장 좋아 하는 자양분은 사랑과 배려다. 감동의 感나무를 키워보자.

# 4부

## 感나무 한 그루
## 각각 다른 열매

과거의 은혜를 회상함으로

감사는 태어난다.

감사는 고결한 영혼의 얼굴이다.

—제퍼슨

# 행복으로 먼저 感나무 꽃을 피우고

TV 프로그램에 션-정혜영 부부가 출연해서 얘기하는 모습을 보았다. 각종 기념일에 맞춰 기부와 봉사를 하고, 800여 명의 어린이들을 위해 매월 고정적으로 지원하는 이들 부부의 모습을 보면서 참으로 느끼는 것이 많았다. 여러 사람들이 그들의 기부에 대해 오해하기도 하고 악성루머를 퍼뜨리기도 하는데 그들은 그런 말에 크게 신경을 쓰지 않는다고 했다. 누군가에게 인정받기 위해서 하는 행동이 아니라 단지 자신들이 느끼는 행복이 넘쳐서 그 넘친 부분을 다른 이들에게 나눠 주는 것뿐이라는 말을 들었을 때는 그 진정성이 느껴졌다.

남을 사랑하기 위해서는 내가 먼저 행복해야 한다. 내가 행복하지 않고서는 남을 행복하게 해줄 수 없다. 행복하기 위해서는 세상을 항상 긍정적인 마음으로 바라보아야 한다.

오드리 햅번은 화려한 명예를 버리고 자신을 필요로 하는 곳이라면 어디든지 달려갔다. 에티오피아, 방글라데시 등 그녀의 발길이 닿은 나라만 해도 20개국이 넘었다. 그녀는 암에 걸리고 나서도 본인을 챙기기보다 어린이 한 명이라도 더 보살피기 위해 성심을 다한 것으로 잘 알려져 있다. 세상은 그녀를 빈곤 아동의 천사라고 부르기도 한다.

그녀가 세상을 떠난 지 오랜 시간이 지났지만 사람들은 여전히 그녀의 천사 같은 행동에 아낌없는 존경과 찬사를 보내고 있다.

"사람은 두 손을 가졌다. 하나는 나를 위해, 다른 하나는 남을 위해!"

개그맨 이동우 씨는 결혼하고 얼마 안 있어 '망막 색조 변성증'이라는 불치병으로 시력을 잃었다. 그 사연을 들은 천안의 40대 남성이 눈을 기증하겠다는 의사를 밝혔다. 이동우 씨는 기쁜 마음으로 한걸음에 달려가 그 남성을 만났지만 눈을 기증받지 않고 돌아왔다고 한다. 지인이 "왜 그냥 돌아왔냐?"고 물었더니 이렇게 말했다고 한다.

"나는 하나를 잃었고 나머지 아홉을 갖고 있는 사람인데, 그 분은 오직 하나밖에 남지 않은 것을 주려고 했습니다. 어떻게 그걸 달라고 할 수 있겠습니까? 저는 이미 그 분에게 눈보다 소중한 것을 받은 거나 마찬가지입니다. 그 분은 저에게 세상을 보는 눈을 주셨기 때문입니다."

행복한 사람이 행복을 줄 줄 안다. 하나밖에 없는 눈을 주려고 하고, 그보다 더 많은 것을 가졌기에 차마 받지 못하고 돌아온 이동우 씨의 말이 가슴을 울린다. 행복으로 피워 올리는 感나무 꽃의 향기가 아름답다.

## 조상 感나무, 미래 感나무

조선 중기의 시인 몽담 김득신은 머리가 나쁘고 둔하여 열 살이 되어서야 겨우 공부를 시작했다. 그는 포기하지 않고 매사에 성실하고 부지런히 공부했다. 이런 몽담에게 스승은 '없을 무(無)'로 성적을 매겼다. 몽담은 처음에 '무식쟁이'라는 뜻인 줄 알고 부끄러워 얼굴이 붉게 달아올랐다.

"몽담은 성실하고 부지런하여 더 당부할 것이 없다."

그의 마음을 아는 듯 훈장님은 이렇게 말하며 칭찬을 아끼지 않았다. 그때서야 몽담은 기뻐하며 마음을 놓았다. 이후에 몽담은 남들보다 훨씬 늦은 59세에 소과에 합격했고, 아버지가 원하던 성균관에 들어가서 조선 최고의 독서가로 이름을 날렸다.

서당에서 책을 한 권 다 배우고 나면 학부모들이 훈장님께 음식을 차려 대접하는데 이를 '책거리'(다른 말로 '책씻이' 또는 '책례')라고 했다. 책이 흔치 않던 시절, 다 배운 책을 깨끗하게 손질하여 후학들에게 물려주는 풍습에서 생긴 것이다. 책거리는 훈장님의 노고에 보답하고 학동의 공부를 격려하기 위한 것으로 떡과 음식을 장만해서 돌려 먹었다. 부모가 스승에게 상을 차려 올리면 학동은 그동안 배운 책을 덮어 놓고 돌아서서 통째로 외웠다.

책거리를 마치면 스승은 한자 한 글자를 써서 봉투에 담아 학동에게 주었다. 이것을 '단자수신(單字修身)'이라고 하는데, 학동은 이 말을 평생 마음에 새겨 삶의 지표로 삼았다. 그 글자는 학생의 습관에 따라 각자 달리 주어졌다.

예를 들어 늦잠 자는 버릇이 있는 학동에게는 '닭 계(鷄)'를, 똑똑함이 지나친 학동에게는 '어리석을 우(愚)'를, 효성이 부족하다 싶으면 '까마귀 오(烏)'를, 성격이 급한 아이에게는 '참을 인(忍)'을, 남에게 배려가 적고 독선적이면 '어질 인(仁)'을, 매사에 서둘러 일을 그르치는 성격이면 천천히 걷는 '소우(牛)'를, 게을러 학업을 잘 따라오지 못한 학동에게는 '부지런한 근(勤)'을 써주었다.

"현 한국 교육의 가장 큰 문제는 공부를 수단으로 여긴다는 것이다. 공급자는 돈벌이 도구로, 수요자는 취업을 위한 자격으로 생각한다. 도덕적 삶과 학문적 성취를 강조하는 선비정신은 한국의 교육 체계를 다시 세우는 중요한 요소가 될 수 있다. 옛날 서당에서 천자문을 가르칠 때 썼던 '낭독'교육법도 되새겨봐야 한다. 지식을 내면화시키는 일종의 체험 교육이라는 점에서 암기 위주의 2차원 교육에 머무르는 현 시스템보다 훨씬 효과적이다. 또 스승과 제자가 평생을 두고 인연을 이어갔던 전통도 되살릴 가치가 있다."

세계적인 석학 임마누엘 페스트라이쉬가 중앙일보와 가진 인터뷰에서 한 이야기다. 정말 가슴 아픈 이야기다. 지금 우리는 너무 경쟁만 내세워 선생님에 대한 존경심은 떨어지고, 오로지 최고의 성적만을 요구하는 풍토에 젖어 들고 있다.

지금은 조상님들의 교육 철학과 지혜를 생각해 보는 여유가 필요하다. 그래야 과거의 感나무에 미래의 感나무로 희망을 품을 수 있기 때문이다. 조상 感나무, 미래 感나무가 우리의 희망이다.

# 걷기로 챙기는 내 마음의 感나무

건강에 관심이 많아지면서 중・장년층이 걷기운동에 많이 동참하고 있다. 비용이 적게 들면서 시간 구애받지 않고 어디서든 쉽게 즐길 수 있는 운동이기 때문이다.

"왜 걷느냐?"

50대 이상에게 물었더니 압도적인 1위가 "건강을 위해서"라고 답했다. '9988시대(99세까지 팔팔하게 살자)'에 나이가 들수록 건강에 대한 관심을 가지는 것은 당연하다.

걷는 행위가 단순히 신체적 건강에만 도움을 주는 건 아니다. 걷기의 장점은 걸으면서 자기명상을 경험할 수 있다는 것이다. 자연과 함께 하면서 균형 잡힌, 깊이 있는 사고를 하면서 상대방에 대한 배려도 자연스럽게 체득하게 된다. 나이가 자신감과 함께 자아존중감까지 생기게 한다.

"건강이란 육체적, 정신적, 사회적, 그리고 영적인 웰빙을 말한다."

세계보건기구(WHO)에서 내린 건강의 정의다. 기존에는 육체와 정신적 건강만을 얘기하던 시대에 비해서 상당히 발전한 개념이다. 사회적 건강에 웰빙까지 보태졌다. 정말 놀라운 변화다.

웰빙은 행복한 상태로 잘 존재하는 것을 말한다. 그러기 위해서 무엇을 해야 하나? 자명하다. 운동이다. 운동 중에서도 나이가 들수록 가장 접근하기 쉽고 하기 좋은 운동인 걷기를 해야 한다.

"인간의 뇌 회로는 앞을 향해 돌아간다. 걷는 것은 전향적이고, 지난 일로 다투거나 싸우지 않는다. 조용히 앉아 있을 때보다 오히려 더 평화롭고 전향적이다. 걸으면서 싸우는 사람은 없다. 걸으면 평화, 행복 호르몬인 세로토닌이 분비되어 행복감을 느끼게 한다. 걸으면서 충실하게 땅을 밟는 감각이 온몸에 전달되어 정서적으로 안정된다. 따라서 부부싸움도 걸으면서 해보라고 한다. 생각에 균형이 잡혀서 싸움이 되지 않는다는 것이다. 걸을 때는 사고의 균형과 정서적 안정감을 가져와 현상을 매우 객관적으로 볼 수 있기 때문이다."

세브란스 정신건강의학과 이홍식 명예교수는 걷기를 매우 긍정적으로 본다. 그는 정상을 향하는 등산보다는 천천히 여행하듯 자연과 함께 즐기며 걷는 트레킹을 권한다. 특히 숲 트레킹을 권유한다. 숲트레킹은 신체적 효과와 정신적 효과로 나눌 수 있다. 숲트레킹의 신체적 효과는 심혈관 질환을 예방할 뿐만 아니라 심혈관을 증진시킨다. 체지방을 감소시키고, 비만 · 당뇨 · 고지혈증을 줄여 준다. 근 · 골격계를 강화하고 골다공증을 예방한다. NK세포를 활성화시켜 면역력을 강화한다.

정신적 효과도 이에 못지않다. 스트레스 해소는 물론 긴장을 이완시켜 정서적으로 안정을 가져온다. 긴장·불안·우울에 대한 예방 혹은 치료효과가 있다. 의욕이 증가하고 집중력을 높여 창의적인 사고를 할 수 있게 한다.

이 교수는 “몸과 마음, 영성을 힐링하는 강력한 도구가 명상”이라며 “현대인들은 반드시 명상을 해야 한다”고 권한다. 충동과 분노에 쉽게 노출되는 현대인들의 마음을 더욱 잘 추스르고 다듬기 위해서, 각종 성인병과 암, 노화예방 등 더욱 건강해지기 위해서, 스트레스를 줄이고 감정의 균형과 조화를 위해서, 불안감이나 우울 등 심리적 갈등이나 문제를 치유하기 위해서, 삶의 불가항력적인 일을 성찰하기 위해서, 자기구현이나 영적(靈的)성장을 하기 위해서라도 반드시 명상을 해야 한다고 주장한다.

사람들은 신체적 건강에는 관심이 많으면서 정신적 건강에 대해서는 신경을 쓰지 않는 경우가 많다. 그런데 인생에서는 신체적 건강보다 정신적 건강이 훨씬 중요한 요소로 작용하는 경우가 많다. 따라서 우리는 정신적 건강을 챙기기 위해 더욱 노력해야 한다.

대개 명상이라고 하면 자리에 앉아서 하는 것으로 알고 있는데, 걷기를 하면 운동뿐만 아니라 명상 효과도 얻을 수 있다고 하니 얼마나 좋은가?

우리 함께 걷기로 내 마음의 건강한 感나무를 챙겨보자.

# 한 그루에 달린 떫은 感, 달콤한 感

기원전 4세기 초, 중국의 전국시대 초나라 선왕이 위나라 출신의 신하인 강을에게 북방 강대국들이 자신의 부하인 재상 소해휼을 두려워하는 이유를 묻는다. 자칫 소해휼이 자신의 권위를 넘볼까 봐 경계심을 내비친 것이다. 이에 강을은 선왕을 안심시키기 위해 여우와 호랑이의 고사를 인용하여 다음과 같이 설명한다.

"북방 오랑캐들이 어찌 재상에 불과한 소해휼을 두려워하겠습니까? 여우가 호랑이에게 잡히자 이렇게 말했습니다. '나는 하늘의 명을 받고 파견되어 온 사신으로 백수의 제왕으로 임명되었다. 내 말이 믿어지지 않는다면 내가 앞장설 테니 너는 뒤를 따라오면서 짐승들이 나를 두려워하는 것을 확인해 보라.' 호랑이는 여우의 말을 듣고 뒤를 따라갔는데, 과연 여우 말대로 모든 짐승들이 여우를 보고 달아났습니다. 이것이 과연 여우 때문이겠습니까? 사실은 여우 뒤에 있는 호랑이 때문이었던 것입니다. 지금 오랑캐들이 두려워하는 것은 재상 소해휼이 아니라 그 뒤에 있는 대왕임은 두말할 필요가 없습니다. 어찌 여우를 호랑이에 비할 수 있겠습니까?"

여기에서 유래한 말이 호가호위(狐假虎威)다. 지금 우리 사회에는 호가호위하는 이들이 너무 많다. 실력도 없으면서 자기가 다니는 회사를 등에 업고 하청업체에 큰소리치는 사람, 자신의 배경만을 믿고 거만하고 무례하게 행동하면서 주위사람들의 눈살을 찌푸리게 하는 이들이 바로 그들이다.

이것을 요즘은 갑을 관계로 표현하기도 한다. 그런데 세상에는 영원한 갑과 을이 없다. 결혼 후 돈을 많이 벌어온다고 갑의 입장에서 큰소리치던 남편도 퇴직하면 아내 눈치 보는 을이 되어야 한다. 사업이 잘될 때 여러 하청업체를 호령하던 사람도 경기가 침체되면 어느 한 순간 을이 될 수밖에 없다.

따라서 우리는 순간의 지위와 직책에 취하면 안 된다. 평소에 지속적으로 좋은 관계를 유지하려고 노력해야 한다. 그러기 위해서는 갑의 마음보다 을의 마음으로 상대방을 대해야 한다.

상대방을 이해하기 위해서는 많은 대화가 필요하다. 자신과 오랜 시간을 함께 하는 사람은 더욱 특별히 자주 대화를 해야 한다. 그래야 서로의 생각과 기대를 알 수 있고, 상대방의 기대에 맞춰 행동할 수 있다.

한 그루에 달린 달콤한 감만 취하지 말자. 떫은 감이 있어야 달콤한 감도 그 가치가 더욱 빛나는 것이다.

## 동업으로 더욱 키우는 感나무

〈세상의 모든 것과 동업하라〉의 저자 김병태 씨의 직함은 한두 개가 아니다. 한국형 중저가 호텔 체인 애플트리호텔 이사회 의장, 글로벌여행사 CWT 코리아 회장, 지산골프장 계열의 리조트 개발업체 지산포레스트리조트 공동대표, 바이오벤처 바이오리더스 특별고문, 하지만 그가 거쳤던 회사는 현재 속한 조직보다 더 많다. 책에는 동업으로 성공시킨 사업 6개에 얽힌 인생 스토리를 고스란히 담았다.

"나는 꼰대다. 하지만 당당한 꼰대다."

"보통 머리에, 보통 배경에, 보통의 노력밖에 못하는 다수 청춘들은 어떻게 살아야 할까. 그게 내 청춘시절 절박한 고민이자 화두였다. 진정한 꼰대라면 삶의 노하우를 힌 수 가르쳐 줄 수 있는 실천 내공이 있어야 하지 않겠는가."

그가 이 책을 펴낸 이유다. 그는 1988년 올림픽을 앞두고 지도책 한 권 없던 시절 학생 신분으로 170쪽짜리 지도책을 만들었다. 완전히 망하는 줄 알았지만, 기사회생하여 베스트셀러로 만들었다. 고교 동창과의 동업이 그에게 큰 도움이 되었다. 그 후 직원 5명인 여행사에 들어가 7년 만에 대표이사가 되었고 국내에서는 최초로 재벌에 기대지 않은 유일한 코스닥 상장 기업 여행사를 일궈냈다.

그는 업을 강조하면서 '동업이라는 새로운 세계를 열기 위해 갖춰야 할 4가지 원칙'을 밝혔다.

첫째, 매력적인 사람이 되어야 한다. 뛰어나지 않아도 되지만 매력은 있어야 한다. 매력을 갖추려면 호기심이 많아야 한다. 호기심이 많으면 타인과 잘 어울릴 수 있다. 타인과 잘 어울리는 사람에게 동업 기회가 많은 것은 당연한 이치다.

둘째, 명분 있는 사업을 해야 한다. 쉽게 말해 망하더라도 이 사회를 위해 뭔가 시도했다는 자부심을 남겨야 한다. 그 명분이 사업추진력이 된다. 남이 한다고 명분 없는 사업을 따라 하다간 돈도 못 벌고 쪽도 팔리는 최악이 될 수 있다.

셋째, 무조건 동업할 생각을 해라. 그것도 가능한 이성과 하라. 남자보다 여자가 더 의리 있고, '헝그리 정신'도 강하다. 성질은 모났어도 특별한 능력을 가진 이성을 유심히 살펴보라.

넷째, 돈 없다는 핑계는 대지 마라. 주변에 돈 가진 사람이 널려 있다. 정말 사업성이 있으면 돈 있는 사람이 먼저 달려든다.

과정이 결과를 만든다. 마음의 感나무도 마찬가지다. 시간과 공간, 정성에 따라 感나무의 열매는 다른 맛을 낸다.

내 感나무에는 어떤 열매가 맺기를 원하는가?

모두가 다 나 하기 나름이다.

## 사랑이 사랑을 부르는 感나무

미국 프로야구 메이저리그에 진출한 한국인이 늘어나면서 이에 대한 관심이 높아졌다. 주전으로 뛰기만 하면 한 달에 수십 억 원의 연봉을 받게 되는 이들에게 세계인의 관심이 쏠리는 것은 당연한 일이다.

현재 메이저리그에서 최고의 투수로 통하는 LA다저스의 제1선발투수 커쇼에 대한 팬들의 사랑은 상상을 초월한다. 커쇼는 야구도 잘하지만 평소에 소외받는 이웃을 위한 자선행사에 큰 힘을 쏟음으로써 더욱 사랑을 받고 있다.

오늘날의 커쇼가 있기까지 그의 어머니 매리언과 아내인 엘렌의 역할이 컸다고 한다. 커쇼는 가난한 집에서 태어났다. 설상가상으로 10살 때 부모가 이혼하는 바람에 어머니 품에서 자라야 했다. 어머니 매리언은 커쇼의 교육을 위해 미국에서 부유한 사람들이 많이 사는 하이랜드파크로 이사했다. 커쇼는 고등학교 졸업 후 LA다저스의 지명을 받고 보너스 230만 달러(한화로 약 26억원)로 어머니를 편히 모시겠다며 대학진학을 포기하고 오늘날 연봉 3천만 달러(한화 300억원) 이상을 받는 최고의 선수가 되었다.

커쇼가 오늘날 존경받는 선수가 되는 데는 중학교 때 만난 아내 엘렌의 역할이 컸다. 2010년에 결혼하자 둘은 아프리카 고아문제에 관심을 갖고 호화로운 휴양지 대신 아프리카 잠비아로 신혼여행을 떠났다. 그들은 그후 잠비아에 고아원을 만들어 운영하고 있으며, 또한 자선단체를 만들어 활동하고 있다. 해마다 시즌이 끝나면 잠비아에 가서 봉사활동을 하고, 미국에서는 방과후 스포츠프로그램을 무료로 제공해 어려운 학생들에게 야구를 가르치는 활동도 하고 있다. 시즌 중 탈삼진 하나에 500달러를 적립해 기부하는데, 2013년에는

232개의 탈삼진을 잡아내 11만 6000달러(약 1억 2000만원)를 기부했다고 한다. 이외에 각종 수상으로 받은 상금의 대부분도 기부하고 있다.

커쇼의 선행에 공감하는 많은 팬들이 더욱 열광하며 동참하고 있다. 커쇼가 2013년 사이영상 수상자로 선정되었다는 소식을 누구보다 기뻐한 사람들은 바로 잠비아 국민들이었다. 커쇼는 엘렌과 만남으로 좋은 영향력을 세상에 더욱 펼쳐가며 사랑받는 사람이 되었다. 커쇼는 자신의 행동에 대해서 다음과 같이 말했다.

"결혼 후 방문한 잠비아에서 목격한 아이들의 모습은 충격 그 자체였습니다. 미국에서는 대부분의 사람들은 물질이 행복의 척도라고 생각합니다. 하지만 잠비아에서는 살아가는데 필요한 최소한의 생필품만 있어도 아이들은 이 세상에서 가장 행복한 표정을 짓고 있었습니다. 그 모습을 보고 우리 인생에서 정말 중요한 것이 무엇인가 깨닫게 됐습니다. 야구를 한다는 것이 사치스럽다는 생각이 들 정도였습니다. 따라서 자선활동은 앞으로 계속 할 생각입니다."

많은 이들의 사랑을 받는 이들은 그만큼 많은 이들에게 사랑을 베푼다. 잘난 척하는 사람한테는 그것을 질투하고 깎아 내리려는 사람이 몰리기 마련이고, 잘난 것을 이웃에게 베푸는 것으로 펼치는 이에게는 더 큰 사랑을 베푸는 사람들이 몰리기 마련이다. 커쇼가 대중에게 사랑받는 이유는 우리에게 많은 생각을 하게 한다.

사랑이 사랑을 부르는 感나무, 이 얼마나 아름다운 感나무인가?

## 感나무 결코 목적을 놓치지 않는다

현대인이 하루에 접하는 정보량은 19세기말에서 20세기 초에 살던 사람이 평생 접하는 정보량과 맞먹는다고 한다. 유튜브에 하룻 동안 올라오는 동영상은 미국 3대 TV방송국에서 10년 동안 방영한 프로그램 수와 비슷한 양이라고 한다. 또한 하루에 발송되는 이메일의 양이 2,100억 개 이상이 된다고 하는데, 이것은 미국에서 1년 동안 오고간 우편물을 초과하는 양이라고 한다.

정보가 넘쳐나는 만큼 사람들은 갈수록 마음의 여유를 잃고 있다. 자명종에 의지하지 않고는 아침에 일어나지 못하는 사람들이 많다. 은행일도 인터넷이나 현금자동지급기를 이용해서 처리하다 보니, 어쩌다 은행창구에서의 기다리는 시간을 못 견뎌 한다. 놀이공원에서도 조금만 기다리게 되면 몹시 힘들어 하는 사람들이 부지기수다. 모든 게 빨리 처리되다 보니 여유를 잃게 되고, 여유를 잃다 보니 삶의 목적을 놓치고, 그러다 보니 감정대로 쉽게 화를 내고 쉽게 흥분하게 되는 것이다. 삶의 목적이 분명하지 않으니 행복을 찾을 길도 없다.

스티븐 코비의 '성공하는 사람들의 일곱 가지 습관'에 나오는 이야기다. 트래비스와 개럿이라는 두 아이가 있다. 똑같이 나무토막 하나와 칼을 받아서 열심히 나무를 깎았다. 하지만 얼마 후 두 아이 앞에 놓인 결과는 크게 달랐다. 트래비스 앞엔 멋진 배가 있었지만 개럿 앞엔 나무 조각만 쓰레기처럼 쌓여 있었다.

왜 이런 일이 결과가 난 것일까? 따질 것도 없다. 트래비스는 처음부터 배를 만들겠다는 목적을 갖고 나무를 깎았지만 개럿은 아무런 목적 없이 그냥 나무를 깎았기 때문이다.

중국 진나라에 왕질이라는 나무꾼이 살고 있었다. 하루는 산에 나무하러 갔다가 깊은 산속에서 노인 두 명이 천년 묵은 고목나무 밑에서 바둑 두는 모습을 보았다. 그 모습이 너무 진지해 도끼를 옆에다 세워 놓고 한참을 구경하다가 정신을 차리고 도끼를 들고 일어나려 하는데 도끼자루는 썩었고 도끼날도 녹이 슬어 있었다. 집에 돌아와 보니 마을의 모습도 변해 있었고 시간이 200년이나 흘렀다고 한다.

요즘 이처럼 자신이 해야 할 일이 무엇인지 놓치고 신선놀음 구경에 도끼자루 썩는 줄 모르는 나무꾼 같은 이들이 많이 늘어나고 있다.

지금 우리는 정보의 홍수 속에서 무엇을 하고 있는가? 먼저 목적을 분명히 하고 정보를 활용하기 위해 하나둘 잘 엮어 간다면 내 인생의 소중한 자료가 될 것이고, 목적도 없이 그저 정보의 홍수 속에 파묻혀 있다면 도끼 자루 썩는지 모르고 신선놀음이나 바라보는 나무꾼과 무엇이 다르다 할 수 있을까?

# 낮추고 낮추는 感나무

그리스신화에 '거미가 된 아라크네'라는 이야기다. 아라크네는 아테네 어느 마을에서 베를 잘 짜서 숲속의 요정까지도 반할 정도의 솜씨를 가진 여인이다. 사람들의 칭찬을 받은 아라크네는 기고만장하여 공예의 여신인 아테나 여신도 자신을 못 당할 거라고 말한다. 그 말을 들은 아테나 여신은 화가 나서 사람들 앞에서 아라크네와 베 짜기 대결을 한다. 아테나 여신을 이기려던 아라크네는 결국 아테나 여신의 미움을 사서 평생 실을 짜는 거미로 되었다.

평범한 회사원이 술에 만취되어 집에 가다가 영문도 모른 채 붙잡혀 15년 동안 어느 골방에 갇혀 있다 풀려난다. 그는 자신을 감금한 사람이 누구이며, 왜 그랬는지 알려고 밤거리를 헤매고 다닌다. 억울해 미칠 지경이 된 그는 어느 날 일식집에서 만난 아가씨와 동침하게 되는데 후에 그 여인이 자신의 딸임을 알게 된다. 그는 고통을 못 이겨 스스로 자기 혀를 자른다.

영화 〈올드 보이〉의 주인공 오대수(최민식 분)의 비극적인 이야기다. 왜 오대수에게 이런 일이 생겼을까? 오대수는 고등학교 때 우연히 친구인 이우진(유지태 분)이 친누나와 서로 사랑하는 사이임을 알게 된다. 서울로 전학을 가게 된 오대수는 이우진과 누나의 부적절한 관계를 떠벌리고 떠난다. 깊게 생각하지 않고 뱉어낸 말이었기에 오대수는 자기가 한 말을 까맣게 잊어버린다. 하지만 그의 말로 인해 이우진의 누나는 자살을 하고 이우진은 오대수에게 복수를 시작한다. 오대수의 비극은 여기서부터 시작된 것이다.

내 잘난 것은 낮추고 상대가 잘난 것은 부각시켜야 한다.

반대로 상대의 장점은 드러내고 상대의 약점을 감싸 줄 수 있어야 한다.

내 잘난 것을 드러내거나 남의 잘못을 들춰내면 반드시 사방에 적이 생기기 마련이다.

반대로 나를 낮추면 나를 높여주는 이가 다가오고, 상대의 잘못을 감싸주면 그만큼 나를 믿고 따라주는 사람이 생기기 마련이다.

나를 낮추고 낮추는 한 그루의 感나무, 우리의 소중한 가슴에 아름답게 키워보자.

# 5부

## 마지막 感 하나의 감동,
## 그 무한함

감사를 통해
인간은 부자가 된다.

–본 회퍼

# 단감에 취하지 말고 뿌리를 살피자

"일시적인 것을 얻으려면 행동을 바꾸고 진정한 변화를 원한다면 성품을 바꿔야 한다."

- 스티븐 코비

사람들은 성품은 타고나는 것이라 쉽게 바꿀 수 없다고 여긴다. 하지만 코비는 "긍정적으로 사람의 습관을 변화시키면 성품도 바꿀 수 있다"면서 "어른이 되어서도 습관의 변화를 통해 성품을 바꿔나갈 수 있다"는 것을 강조하고 있다.

성품이 좋은 사람은 어떤 사람들일까?

양보와 배려의 마음이 있는 사람이다. 양보는 마음이 더

착하고 넉넉한 사람이 하는 것이고, 배려는 윗사람이 아랫사람에게, 강한 사람이 약한 사람에게, 다수가 소수에게 하는 것이다.

성격은 바꾸기 힘들어도 좋은 성품은 꾸준한 노력과 연습으로 만들어 질 수 있다. 좋은 생각으로 마음밭을 만들고 긍정의 말로 씨를 뿌리고 선한 행동으로 열매를 거두게 되면, 모든 이들을 만족하게 할 수는 없어도 다수를 행복하게 할 수는 있다.

성격은 빙산의 일각에 불과하다. 성격은 자신을 나타내려는 인간의 가면으로 보아도 좋을 것이다. 성격은 나를 나타내고자 하는 이미지요, 화술과 기교다. 외적성격(Personality)은 처세술에 가깝다.

겉으로 나타나는 성격은 나의 일부분에 불과하지만 성품은 우리의 인격을 나타내준다. 성격이 빙산의 일각이라면 성품은 빙산의 아랫부분으로 바닷물 아래쪽에 숨겨져 있다.

우리는 성품이 좋은 리더를 존경한다. 그의 내적성품(character)은 근면, 성실, 정직, 겸손, 언행일치, 개방적 태도,

충성, 절제, 용기, 정의, 소박, 원칙이라는 아름다운 특성으로 채워져 있다.

성품은 품성으로도 불리며, 인성이요, 인간성으로 표현된다. 우리나라의 기본적인 교육원칙은 인성교육에 초점을 맞춰 놓았으나 언제부터인가 모든 초, 중, 고교가 대학 진학중심으로, 경쟁중심으로 달려가는 바람에 전인교육을 할 기회가 상대적으로 적어졌다.

교육이 원칙대로 이뤄지지 않는 것은 당장 효과를 보려는 성격중심의 교육이 이뤄지기 때문이다. 성과를 강요하는 외부요인과 체면을 중시하는 권위주의 교육이 학생들의 성품교육을 절름발이로 만들어 버렸다.

따라서 우리는 당장 눈앞에 보이는 열매만 취해서는 안 된다. 겉에 드러난 단감에 취하지 말고, 단감을 풍성하게 열매 맺게 하는 뿌리에 더 정성을 기울여야 한다. 성격보다 성품을 갖추는데 더 많은 신경을 써야 한다.

## 칭찬은 마음을 달래주는 곶감처럼

지라드(Girard)는 기네스북에 올라 있는 세계 최고의 자동차 판매왕이다. 그는 10년 연속 미국 자동차 판매왕에 올랐다. 사람들이 그에게 비결을 묻자 그는 웃으며 말했다.

"그 비결은 칭찬입니다."

고객은 자동차를 살 때 적당한 가격과 서비스를 바라는데, 그 욕구를 충족시켜주려면 고객이 원하는 말로 칭찬을 해주니 반드시 구매로 이어졌다는 것이다.

**"상품을 팔지 말고 칭찬을 팔아라."**

국내 자동차업계 최초로 세일즈맨 출신으로 이사에 오른

대우자동차 박노진 씨의 말이다. 그는 고객에게 자동차를 팔기 전에 먼저 칭찬을 했다고 한다.

"헤어 스타일이 참 잘 어울리시네요!"

"아, 거기  출신이구나! 참 좋은 학교 나오셨네요!"

일단 입에 발린 칭찬이라도 해놓고 보면 그 효과는 엄청난 시너지를 발휘했다고 한다.

칭찬은 부메랑 효과가 있다. 되로 주면 말로 받기 일쑤다. 칭찬은 쌍방향이다. 칭찬하는 이는 해서 좋고, 받는 이는 받아서 좋다. 칭찬은 아무리 해도 지나침이 없다.

고객과의 관계에서 가장 힘들어하는 건 불만고객을 상대하는 일이다. 나는 불만고객이 생겼을 때에는 빨리 원인을 파악하고 대안을 제시하여 고객이 선택하게 한 다음 빠르게 문제를 해결하여 마무리 하라고 조언한다.

물론 가장 좋은 것은 불만고객이 발생하지 않도록 노력하는 것이다. 그러려면 고객이 방문했을 때 고객이 환영 받았다는 느낌을 갖도록 하는 것이 중요하다. 사업장을 처음 방문한 고객이 좋은 선입견을 가지도록 응대하는 것이다. 그 중에 가장 좋은 방법이 고객에게서 칭찬거리를 찾아서 그것을 부각시키는 것이다.

우리나라 사람들은 칭찬에 굶주려 있다고 한다. 급속도로 발전하고 변해가는 사회에서 여유가 없다보니 남을 칭찬하기보다는 '지적질'하기에 익숙해 있기 때문이라는 것이다. 상사가 부하에게, 부모가 자녀에게 닦달을 하는 것은 칭찬에 인색한 사람들이 즐겨 쓰는 방법이다.

1990년대에 미국 플로리다주의 올랜도에 갔었을 때 해양테마 놀이공원인 씨월드(SeaWorld)를 방문하였다. 씨월드 방문에서 가장 기억에 남는 것은 몸무게가 3톤이 넘는 거대한 범고래들이 보여주는 쇼였다. 엄청나게 큰 고래들이 조련사들과 하나가되어서 점프도 하고 관객석에 물을 뿌리는 등 다양한 행동을 하는 모습이 참으로 보기 좋았다.

세계적인 경영 컨설턴트인 저자 켄 블랜차드가 긍정적 관계의 중요성을 깨우쳐주고 칭찬의 진정한 의미와 칭찬하는 법을 소개한 〈칭찬은 고래도 춤추게 한다〉는 책의 내용을 확인한 순간이었다.

칭찬은 긍정적 인간관계를 만든다. 보통의 사람들은 긍정적 태도로 칭찬을 하고 싶어 하지만, 현실에서 긍정적 태도와 칭찬의 중요성을 제대로 알고 실천하는 사람은 드물다.

따라서 우리는 칭찬을 통해서 사람과의 관계를 더욱 돈독하게 만들고 이를 통해서 긍정적 관계를 이끌어 가는 感나무가 되어야 한다.

## 까치밥으로 남은 마지막 感 하나

1990년대 초 일본에서 아흔 살 노인과 치매를 앓던 아내가 여행 끝에 실종됐다. NHK가 노부부의 아들과 함께 몇 달 동안 두 사람 행적을 쫓아 다큐로 만들었다. 신용카드 기록을 추적해보니 여행길은 부부의 신혼여행지에서 시작해서 부부가 즐겨 올랐던 산을 거쳐, 자주 갔던 온천에서 끝났다. 그곳 바닷가에서 부부의 옷이 발견됐다. 남편의 외투 주머니엔 동전 몇십 엔만 남아 있었다. 부부는 은행 잔고를 다 쓴 뒤 함께 바다로 마지막 추억여행을 떠난 것이다.

"노후 생활을 누구와 함께 하겠는가?"

일본의 유력 일간지 마이니치신문에서 70세 이상 노인들을 대상으로 조사를 했다. 남성의 66%는 아내와 함께 보내겠다고 답변했다. 그런데 남편과 노후를 보내겠다고 답한 여성은 31%에 지나지 않았다.

"만약 당신이 처녀로 다시 태어난다면 현재 남편과 결혼하겠는가?"

국내 모 기업의 40~50대 중역 부인들에게 물어 보았다. 대상자 중 75%가 현재 남편과 결혼하지 않겠다고 답했다. 심지어 이중 25%는 설령 천당에 간다 해도 남편과는 같이 안 가겠다고 했다.

백세시대를 맞아 심각하게 생각해 볼 문제다. 어쩌다 이렇게 된 것일까? 한번쯤 반성하는 의미로 아래 체크리스트를 챙겨 봤으면 한다.

1. 아내의 주민 등록 번호는?

2. 아내의 속옷 사이즈는?

3. 아내가 현재 가장 갖고 싶어 하는 것은?

4. 우리 부부가 첫 키스한 장소는?

5. 우리 부부의 결혼 일시와 장소는?

6. 아내가 현재 남편에 대해 가장 불만스럽게 생각하는 점은?

7. 아내의 가장 친한 친구 이름은?

8. 부인의 몸무게와 허리 치수는?

9. 장인, 장모님의 생일은?

10. 아내가 현재 가장 힘들어하는 것은?

우스갯소리 중에 삼식이 이야기가 있다. 은퇴 후 밖에 나갈 일이 없어 매일 세 끼를 집에서 해결하는 남편을 말한다. 그런데 이런 '삼식이'는 어느덧 오래 전 이야기로 묻혀 가고, 지금은 '종간나 새끼'로 진화했다고 한다. 하루 세끼 식사뿐 아니라 하루 종일 간식까지 챙겨줘야 하는 남편을 두고 하는 말이라고 한다.

내가 은퇴 후 '삼식이'나 '종간나 새끼' 소리를 듣지 않으려면 어떻게 해야 할까?

아무리 바빠도 하프 타임을 갖고 사각지대를 돌아봐야 한다. 나를 묵묵히 지지해주고 따라 준 반쪽에 눈을 돌려야 한다.

까치밥이 되는 마지막 순간까지 반쪽을 위해 감명을 주는 존재가 되기 위해 노력해야 한다.

이것을 챙기기 못하면 우리의 感나무에 〈행복〉이란 열매는 열리지 않을 것이다.

백세시대에 까치밥으로 남길 내 마음의 감 하나 어떤 모습으로 남으로 챙겨보자.

# 절대 긍정의 感나무 기술

미국의 한 대학에서 180명을 대상으로 75세에서 95세의 여성들이 20세 초반부터 직접 쓴 일기나 자서전에 나타난 글을 바탕으로 긍정적인 감정을 표현하는 단어의 수를 세어 사망률을 비교 봤더니 긍정적인 단어를 많이 쓴 여성이 평균적으로 10년 정도 더 오래 산 것으로 나타났다고 한다. 더 놀라운 것은 긍정적인 감정이 적은 여성들은 연구가 진행되는 동안에 25명이 사망했는데, 긍정적인 감정이 많은 여성들은 오직 10명만이 사망했다고 한다.

'긍정의 힘'이 주는 마력을 잘 보여준 사례다. 따라서 우리는 항상 긍정적인 감정을 유지하도록 노력해야 한다. 항시 긍정적인 감정을 유지하려면 항상 〈긍정 콘서트〉를 열어야 한다.

나는 이것을 〈종이와의 토크(talk)〉라고 부른다. 먼저 A4용지 한 장을 준비한다. 그리고 여기에다 긍정적인 감정을 표현하는 단어를 몇 개 써보도록 하자.

첫째, 호(好)를 써보자. 말 그대로 좋을 호다. 나는 새로운 일을 할 때마다 그 일의 좋은 점이 무엇인지 종이에 쭉 적어본다. 무슨 일이든지 시작하기 전에 좋은 점을 찾아보는 것이다. 이것만으로도 묘한 자신감이 생기는 경험을 할 것이다.

둘째, 애(愛)를 써보자. 종이에 쓴 것을 반복적으로 읽다 보면 그 일을 사랑하게 된다. 열애(熱愛)를 하게 되는 셈이다. 일에 빠져드는 것인데, 다른 말로 몰입이라고 부르기도 한다. 몰입의 상태에 이르면 긍정의 싹이 내 몸에 자라기 시작한다.

셋째, 정(情)을 써보자. 무엇인가를 열심히 사랑하다 보면 나오는 분비물이 있는데 바로 열정이다. 열정이란 분비물이 긍정을 만드는 원기소 같은 것이다. 이 원기소 덕분에 무슨 일이든지 할 수 있게 된다. 이미 내 자신 속에 부정적인 생각이 사라지는 것이다.

넷째, 긍(肯)을 써보자. 3박자를 자연스럽게 밟아보면 긍정적인 마인드가 온 몸에 자리를 잡는다. 긍정적인 사고가 하나의 근육처럼 달라붙는 것이다. 나는 이런 현상을 〈긍정 팩〉이라 부른다. 이것이 생기면 〈항시 긍정〉이라는 성공인생을 얻게 되는 것이다.

긍정적인 마음은 훈련으로 가능하다.

한 전문기관에서 〈긍정성 훈련〉을 했다. A, B 두 집단을 선정했다. 그리고 A집단에게는 10주 연속 일주일에 1번씩 자신들이 감사하게 생각하는 것을 5가지 적게 하고, B집단에게는 일주일에 1번씩 자신들의 골칫거리 등을 5가지 작성케 했다. 훈련 결과 A집단이 B집단에 비해 삶에 대한 태도가 더 긍정적이고 만족하는 것으로 나타났다. 건강도 좋아지고 숙면도 취하는 것으로 나타난 것이다. 지속적인 훈련이 긍정성을 키워준다는 것을 확인한 실험이다.

여기에 긍정성 훈련을 좀 더 쉽게 하는 방법을 소개한다. 바로 〈나의 긍정 노트〉가 그것이다. 시중에서 파는 작은 노트를 구입한 다음 노트 표지에 〈나의 긍정 노트〉라고 적고, 매일 〈긍정 거리〉를 담아 보자. 일단 믿고 해보면 성공 인생을 만드는 단단하고 보기 좋은 〈긍정팩〉이 몸에 새겨지는 것을 느낄 수 있을 것이다. 〈나의 긍정 노트〉 하나만으로도 우리는 성공인생의 길로 들어설 수 있을 것이다.

# 진심을 전하는 感나무

국가보훈처에서 서울의 한 호텔에서 영국과 캐나다, 호주, 뉴질랜드에서 온 6 · 25 참전용사와 가족 195명을 위해 감사 만찬을 열었다. 이 자리에는 캐나다 참전용사 고 아치볼드 허시의 딸 데비 씨도 참석했다.

"6 · 25때 전사해 한국에 안장된 형(조지프 허시) 곁에 묻어 달라."

아치볼드는 고국인 캐나다에서 생을 마감하며 이런 유언을 남겼다고 한다. 그의 유해는 딸 데비 씨에 안겨 한국으로 와 형 옆에 안장했다. 만찬 건배사 직후 보훈처장이 일어나 데비 씨에게 선물을 건넸다. 허시 형제 기사를 보고 익명의 한 주부 독자가 본지에 보내온 전통 문양의 목걸이와 브로치 등 공예품 10여 점이었다.

"기사를 읽고 참전용사들의 피와 땀을 잊고 지낸 게 미안해졌다. 이렇게라도 유족에게 감사의 인사를 하고 싶다."

독자가 선물을 하면서 한 말이다. 이 날 데비 씨는 642명의 이름으로 "THANK YOU" 글자를 새긴 감사패도 받았다. 642명은 보훈처 홈페이지에 허시 형제에 대한 감사 글을 남긴 사람들이었다.

"6 · 25전쟁을 알지 못하는 조카랑 같이 보고 설명해줬더니 너무 슬프다고 하네요. 우리나라를 위해 싸워주셔서 감사합니다."

"참전용사 여러분들 덕에 이렇게 잘 살고 있네요."

홈페이지에는 이런 감사의 말들이 줄을 이었다.

6 · 25전쟁에는 총 22개국 194만 1604명의 젊은이들이 참전했다. 캐나다의 허시 형제처럼 누군가의 아버지, 아들, 형제였을 이들은 대부분 한국이 어디에 있는 어떤 나라인지도 모른 채 수백 수천km 떨어진 이 땅에 와서 젊음을 바쳤다.

프랑스에서도 그 당시 대대병력을 파병하였다. 11월 겨울에 도착했는데, 우리나라가 적도 근처의 나라인 줄 알고 반바지를 입고 왔다고 한다.

멀리 아프리카의 에티오피아에서도 대대급 지상군 '강뉴부대'를 파병하였다. '강뉴'라는 이름은 에티오피아어로 '깨지지 않는 것', '적을 괴멸시키는 것'을 의미한다. 교체전력까지 포함해서 연인원 6000여명이 와서 121명의 소중한 생명을 잃고 536명이 부상하였다.

그러나 6.25 전쟁이 끝나고 귀국했을 때 공산주의로 정권이 바뀌는 바람에 이들은 재산을 몰수당하고 직위를 박탈당하여 핍박을 받았다고 한다. 후일 민주주의 정부가 들어서긴 하였으나 참전용사들의 생활은 가난을 대물림하며 어려운 삶을 살고 있다고 한다. 다행히 관심 있는 단체에서 생활고에 시달리는 참전용사 후손들을 위해 학용품 지원, 장학금 지원 등 교육사업을 통해 지원하고 있다고 하니 정말 다행이다.

"낯선 이방인 형제의 기사를 보고 이렇게 아름답고 귀한 선물을 보내주셔서 감동했다. 아버님을 대신해 감사 말씀을 드린다.”

이 날 만찬에서 선물을 받은 데비 씨의 인사말이다. 하지만 정작 감사를 해야 할 사람은 우리다. 허시 형제와 유족뿐만 아니라 오늘날 우리가 있도록 희생하신 모든 분들에게 감사를 드린다.

# 듣기 선수로 사는 感나무

술을 마시면 정반대로 돌변하는 여인이 있었다. 그녀는 맨 정신일 땐 겁먹은 조개처럼 몸을 사리는 성격인데, 술만 마시면 끈적거리며 부대끼고, 흐느적거리며 휘감기는 야누스 같은 성격으로 돌변했다.

심리학자가 그녀의 이중생활을 경험한 주변 사람들을 대상으로 조사를 했더니 그녀에 대한 평판은 역시나 놀라울 정도로 엇갈렸다. 그녀가 맨 정신일 때 처음 소개받은 사람의 80%는 그녀가 술버릇이 나쁘다는 것을 알면서도 어쨌든 '그녀는 정숙하다'고 믿었다. 이와 반대로 그녀의 취중 육탄전을 먼저 본 사람의 80%는 그녀를 '그렇고 그런' 여자로 보았다.

영업이나 상담 등의 대면 직종에서 오래 일한 사람은 첫눈에 사람을 알아보는 능력을 갖기 마련이다. 몇 마디 이야기를 나누고 나면 '이 사람은 믿을 만하다', '이 사람은 믿을 수가 없어.'라는 확신을 갖고 과감하게 비즈니스를 진행하는 경우도 있다. 물론 '그렇고 그런 놈(?)' 이란 평가를 하고 그 자리에서 더 이상 비즈니스를 진행시키지 않고 관망하는 경우도 있다. 그만큼 첫인상은 중요하다.

"개꼬리 3년 묻어 둔다고 쇠꼬리 되나."

"호박에 줄 친다고 수박 되나?"

"걸레는 빨아도 걸레."

이런 말들은 사람의 성품이 쉽게 변하지 않는다는 것을 뜻하지만, 한편으로는 첫인상을 잘못 심어주면 그 고정관념을 깨트리는 게 얼마나 어려운가를 보여주는 말이기도 하다.

사람은 처음 소개받는 사람의 좋은 면보다 나쁜 면을 더 강렬하게 기억한다고 한다. 따라서 생존의 제1원칙은 첫인상을 잘 심어주는 것이다.

“저 사람은 돈도 잘 빌려주고 밥도 잘 사고 술도 크게 내고 궂은일도 마다하지 않지만, 가끔 남의 여자를 넘보는 버릇이 있어.”

남에게 처음 이렇게 소개된 사람은 기피인물로 낙인찍혀 장점을 발휘할 기회조차 얻기 힘들다.

따라서 남에게 자신을 처음 소개할 때는 농담으로라도 자기를 비하하는 말은 삼가야 한다. 여럿이 모인 자리에서 자기 존재를 사람들에게 각인시키고 싶으면, 첫인상과 첫마디가 강렬하게 기억에 남는다는 것을 인식하고 특별히 신경을 써서 자신을 소개해야 한다.

일반적으로 첫 인상을 좋게 심어주는 사람에겐 다음과 같은 공통점이 있다.

첫째, 상대방이 이야기할 땐 경청하면서 적극적으로 호기심을 보인다. 둘째, 천천히, 또박또박, 차분하게, 그리고 가급적 적게 말한다. 셋째, 상대방의 전문분야에 대해 절대로 아는 척하지 않는다. 넷째, 손아랫사람에게도 예절을 갖춰 배려한다.

카네기는 뉴욕 출판업자가 주최한 저녁 파티에서 저명한 식물학자를 만났다. 그는 의자 끝에 걸터앉아 식물학자가 토해내는 매우 흥미진진한, 식물들과 새로운 품종을 개량하기 위한 실험과 실내 정원에 대한 얘기를 들었다. 그 파티장엔 십여 명의 사람이 있었으나, 카네기는 그들을 무시한 채 그 식물학자와 몇 시간 동안 얘기를 나눴다.

자정이 가까워지자 사람들이 하나둘 떠나기 시작했다. 그때 식물학자가 파티를 주최한 사람에게 가더니 카네기에 대해 매우 흥미 있는 사람이라고 말한 다음 이러쿵저러쿵 칭찬했다. 그리고 마지막으로 카네기가 오늘 만난 사람 중에 가장 흥미롭게 이야기한 사람이라고 말했다.

카네기는 그 소리를 듣고 의외라 생각했다. 사실 그는 그 자리에서 거의 말을 하지 않았다. 그 자리에서 주제를 바꾸지 않는 이상 카네기가 할 수 있는 이야기는 하나도 없었다. 그는 식물학에 대해 더 이상 아는 게 하나도 없었다. 그래서 더 더욱 그 자리에서 열심히 듣기만 했다. 그런데 식물학자는 카네기가 말을 잘 하는 사람으로 인식한 것이다.

사람은 누구나 이야기를 하는 사람보다 들어주는 사람을 좋아한다. 심리학자가 스스로 행복하다고 믿는 미국인 부부 2만 쌍에게 물어 보았는데 '배우자가 내 이야기를 잘 들어주기 때문에 행복하다.'는 답변이 80% 이상이라고 한다.

"말을 배우는 데 2년이, 침묵을 배우는 데 60년이 걸린다."

상대가 누구든지 우리는 대화에서 유창한 말하기 선수가 되기보다는 듣기 선수가 되어야 한다.

# 일과 쉼을 생각하는 感나무

"당신 한국 사람이죠?"

유럽여행 중 자동차를 렌트하고 반납하는 한국 사람들에게 렌트카 업체가 하는 말이다.

"어떻게 아시나요?"

놀라서 물어보면 그들은 이렇게 답한다.

"자동차 렌트해서 이 주일 만에 5천Km를 타는 사람은 한국사람밖에 없어요."

그만큼 한국 사람은 여행도 급하게 한다는 것이다. 말하자면 외국 여행을 와서 '눈만 뜨면 자동차로 달리고, 차에서 내리면 사진 찍기 바쁜 모습이 한국인 관광객의 모습'이라는 것이다.

OECD 통계에 따르며 우리나라 근로자들의 연평균 노동시간은 2,316시간으로 34개 회원국 중 가장 길다고 한다. OECD 평균치인 연 1,768시간에 비하면 548시간이나 많다. 그렇게 해왔기 때문에 우리나라가 짧은 시간에 경제 강국으로 자리 잡은 것이다. 이 속에는 우리나라 사람의 부지런함과 '빨리빨리 문화'가 일익을 담당했다고 보는 시각도 있다. 이렇게 놓고 보면 '빨리빨리 문화'는 결코 나쁜 것만이 아니다.

〈열하일기〉의 저자 연암 박지원(1737~1805)은 평소 부지런하여 매양 자정을 지나 닭 우는 소리를 듣고서야 비로소 취침하고 동이 트기 전에 일어났다. 40대에는 연암 골에서 직접 농사를 지었으며, 밭에 뽕나무를 심어 누에를 치고, 밤과 배 등 여러 과실수를 키우고, 벌을 쳐 꿀을 채취하는 등 부지런히 다각적인 영농법을 실천하기도 했다. 이런 연암도 쉴 때에는 마음을 단단히 먹고, 모든 것을 전폐하고, 며칠씩 세수도 안하고 졸다가 책 보고, 책 보다가 졸면서 며칠을 보낸 적도 있다고 한다. 이처럼 연암은 일할 때는 열심히 일하고, 쉴 때는 최대한 편안하게 쉬었다.

"격한 운동 대신 게으름을 피우거나 낮잠을 자는 사람이 더 오래 살 수 있다."

독일의 페트 악스트 교수는 이렇게 말하며 직업적 긴장을 해소하는 방법과 장수의 비결은 아무런 목표 없이 피우는 게으름이라고 했다.

평소 바쁘게 생활하는 사람이라면 한번쯤 여유를 갖고 살펴볼 일이다. 그동안 우리는 쉴 틈 없이 달려왔다.

이제는 〈일〉과 〈쉼〉의 조화를 생각해 볼 때가 되었다.

비위에 맞을 때 하는 수천 번의 감사보다
이와 어긋날 때 드리는
한 번의 감사가 더 값지다.

–아빌라

# 6부

## Think Bank
## 感나무표 비포서비스

베풂에는 세 종류가 있다.

아까워하며 베푸는 것,

의무적으로 베푸는 것,

감사함으로 베푸는 것이다.

–로버트 N. 로덴 메이어

## 感나무표 비포서비스

상품을 판매한 후에 대부분 애프터서비스(After Service)를 제공한다. 예전에 사려는 사람은 많고 상품이 부족한 시대에는 상품을 팔고 나서 그 뒤에는 책임을 지지 않았다. 그러나 요즘과 같이 상품이 넘치는 시대에 애프터서비스가 없으면 상품은 팔리지 않는다. 그래서 서비스를 늘리고 강화하는 추세다.

상품이 다양화하고 품질이 좋아지면서 상품의 품질에 대한 기대보다도 서비스에 대한 기대가 훨씬 높아졌다. 그러다 보니 상품의 품질이 약간 뒤떨어져도 애프터서비스가 좋으면 그것을 더 선호하는 경향도 보인다.

수입차시장이 개방된 지 25년이 되었고 수입차 점유율이 높아지면서 이제는 도로에서 흔하게 볼 수 있게 되었다. 그러나 아직도 수입차를 사는 것을 망설이는 이유는 국내차에 비해 가격이 비싸고 수리비가 비싼 이유도 있지만, 국내생산업체에 비해서 상대적으로 서비스망이 많지 않기 때문이다. 즉 애프터서비스가 국내차만 못하기 때문이다.

다양한 음식체인점을 성공시켜 '미다스의 손'으로 불리는 오진권 대표는 애프터서비스보다 더 중요한 것을 강조한다. 손님이 원하는 것을 달라고 하기 전에 미리 알아서 챙겨주는 비포서비스(Before Service)가 그것이다. 식당에 손님이 오면 손님이 무엇을 원하는지 항상 관심을 가지고 최선을 다해서 섬기라는 것이다. 손님이 왔을 때 소홀히 하고 돌아간 뒤에 또 찾아달라고 아무리 문자를 보내봤자 고객의 마음은 떠나서 다시 오지 않는다.

사람과의 관계도 마찬가지다. 사람들은 항상 같이 있을 때는 소중한 줄 모르다가 헤어지고 나면 후회한다. '내가 좀 더 배려해 줄 걸', '내가 좀 더 챙겨 줄 걸', '내가 좀 더 양보할 걸' 하고.

우리 함께 있을 때 잘했으면 한다. 인간관계도 비포서비스(Before Service)로 개선해 갔으면 한다. 우리 모두 感나무표 비포서비스를 가슴에 품어 보자.

## 感나무도 아프다

2차 세계대전 이후 일본의 발전을 이끌었던 단카이 세대(團塊世代, 일본에서 제2차 세계 대전 이후 1947년 ~ 1949년 사이에 베이비붐으로 태어난 세대) 이후 최근 일본에서는 오랜 경기 침체로 미래에 대한 큰 희망도 없이 현실에 만족하며 사는 사토리 세대가 나타났다. 이들은 누울 수 있는 2평짜리 월세방이 재산의 전부이며, 옷도 유니클로풍의 저렴한 것을 입는 저소득, 저소비 계층에 속한다. 이들은 운전면허도 없으며 물론 자가용도 없다. 먹는 것도 최소한 간편하게 소식으로 때운다. 덜 버는 만큼 일도 조금 하고, 현실에 만족하며 사는 세대다.

일본에 사토리세대가 있다면 우리나라에는 삼포세대(취업, 결혼, 출산 포기한 세대)가 있다. 1970년대 후반과 80년대에 태어난 20~30대는 높은 실업률로 인해 직장을 구하는데 많은 어려움이 겪는다. 2015년 통계청 발표에 따르면 우리나라의 청년실업률은 11.1%로 IMF 경제 위기 이후 최고치를 기록했고, 취업준비생과 추가 취업 희망자 등 잠재적인 구직자까지 포함하면 체감실업률은 22%에 육박한다고 한다.

우리나라는 고교 졸업자의 70% 이상이 대학에 진학한다. 1960~1970년대 산업화 시대에는 대학졸업장이 좋은 직장을 보장해 주었다. 그러나 지금은 상황이 많이 바뀌어서 대학 졸업자의 40% 정도만이 취업으로 연결이 된다. 60%의 졸업생은 실업자 대열로 떨어진다.

사토리세대와 삼포세대는 겉으로 보기에 비슷하지만 분명한 차이가 있다. 사토리세대는 현재의 생활에 어느 정도 만족하며 긍정적으로 살지만, 삼포세대는 현실 상황을 정치가들이나 전 세대들이 잘못한 것이라는 생각과 경쟁에서 밀려났다는 패배감을 가지면서 피해의식과 우울증을 안고 산다. 때로는 그런 불만을 다른 것을 통해 표출하기도 한다.

글로벌 시대인 지금은 세계경제의 영향이 곧바로 우리나라에 미친다. 세계은행은 최근 '청년고용을 위한 해결책 - 2015 기본 보고서'에서 현재 전 세계 15~29세 청년인구의 수는 18억명으로 사상 최대치지만, 이 가운데 약 5억명은 실업자이거나 불완전 고용상태라고 분석했다. 전망도 어둡다.

세계은행은 현재 상황이라면 10년간 취업시장에 새로 진입할 청년 약 10억명 가운데 40%만 일자리를 얻게 될 것이라고 예측했다.

한창 꿈을 가지고 살아가야 할 젊은이들이 희망을 갖도록 좋은 환경을 만들어줘야 하는 숙제가 우리 어른들에게 있다.

感나무도 아프다.

서로를 배려하고 서로를 위하는 感나무를 사랑해 보자.

## 카드에 흔들리는 感나무

월급을 현금으로 받던 때가 있었다. 월급날에는 월급봉투를 받으면서 그 동안 일했던 수고에 대한 보상을 받았다는 생각에 기분이 참 좋았다. 또한 그 월급을 갖고 집에 가면 다른 날보다 더 반기는 가족의 모습을 보면서 돈이 많고 적음에 관계없이 약간 뻐기기도 했던 기억이 새롭다. 그 날은 오랜만에 외식을 하기도 하고 간식을 사서 먹기도 하는 즐거운 날이었다. 내게는 총각시절 기숙사에서 생활할 때 월급날 저녁에 도둑이 들어서 다 털렸던 아픈 기억도 있다.

그런데 어느 순간 월급이 통장으로 들어가면서 현찰 대신 카드사용이 일상화 되면서 월급날 풍경이 바뀌었다. 예전에 비해 월급날에 대한 즐거운 추억이 많이 사라졌다. 카드빚을 갚아야 해서 월급날은 돈을 받는다는 날이라기보다 빚을 갚는 날이라는 인식이 더 크게 생겼다. 더불어 가장으로서 권위도 조금은 떨어졌다. 통장으로 월급이 입금되면서부터 월급날에 아내에게 바가지를 긁히는 일도 생겼다. 카드사용으로 씀씀이도 커진 것이 주요 원인이다.

카드를 쓰다 보니 수입에 비해 지출이 많이 늘어나게 되었다. 카드돌려막기 등의 부작용이 생기기도 했다.

"외상으로는 소도 잡아 먹는다."

우리나라는 세계에서 카드사용을 가장 잘하는 국민이 되었다. 한국은행이 발표한 보고서에 따르면 2014년 현재 한국사람이 물건 등을 구매할 때 절반(50.6%) 이상이 신용카드로 결제했다고 한다. 비교대상국인 캐나다(41%)와 미국(28%) 호주(18%)에 비해 월등히 높은 수준이다. 카드 보유비율은 86%로 10명 중 9명은 카드를 갖고 있다. 그 동안 카드사용이 연

말정산에 혜택을 받기에 사용이 더욱 확산되었다. 그러나 지금은 혜택이 점점 줄어들면서 한편에서는 카드사용을 자제하는 분위기도 나타나고 있다.

일본은 1990년대 이후 저금리가 빠르게 진행되어 지금은 대표적인 저금리국가다. 2011년 3월11일 일본 대지진이 일어난 후 발생한 지진해일(쓰나미)로 일본 내에서 금고 5,700개가 떠밀려 왔다. 금고 안에 들어 있던 돈이 우리 돈으로 250억원이 넘었다고 한다. 일본인들은 금리가 낮아 현금을 은행에 저축하지 않고 금고에 보관하여 사용하고 있으며 이런 현상은 고령층에서 더욱 심화되고 있다. 일본 미즈호증권의 야스노리 우에노 수석 시장전략가의 보고서에 의하면 약 36조엔(약 332조원)의 현금이 집에 보관되어 있다고 한다.

지금은 지갑에 현금을 거의 가지고 다니지 않는 시대가 되었다. 현금이 없어도 쓸 수 있는 신용카드와 모바일 뱅킹, 페이팔(Paypal)과 구글 월릿(Google Wallet) 같은 전자지갑이 생졌다.

스웨덴과 덴마크에서는 현금 줄이는 정책을 시작했다. 덴마크 중앙은행은 2014년부터 지폐와 동전을 발행하지 않고 있다. 현금을 없애면 가장 큰 경제 효과로 지하경제가 차단되고 금융 생산성이 증가한다고 한다.

우리는 지금 이처럼 돈의 사용방법이나 흐름이 다양하게 변하는 시대에 살고 있다. 돌고 도는 돈을 잘 사용하여 더욱 더 행복한 삶을 살아갔으면 한다.

## 고령화 시대의 感나무

UN기준으로 65세 이상을 노인이라 한다. 총 인구 중에서 65세 이상이 7%가 넘으면 고령화사회, 14%가 넘으면 고령사회, 20%가 넘으면 초고령사회라고 한다.

통계청자료에 의하면 우리나라는 2000년에 노인인구가 전체인구의 7%를 넘어 이미 고령화사회에 진입했으며, 고령사회는 2018년(14.3%)에, 초고령사회는 2026년(20.8%)에 도달할 것으로 전망하고 있다.

대부분의 서구 선진국들은 20세기 초를 전후해 고령화사회로 진입하였고 영국, 독일, 프랑스 등은 1970년대에 이미 고령사회가 되었다.

UN추계에 따르면 2025년 고령인구의 비율은, 일본 27.3%,

스위스 23.4%, 덴마크 23.3%, 독일 23.2%, 스웨덴 22.4%, 미국 19.8%, 영국 19.4%가 될 것으로 예상하고 있다. 서구 선진국 중심으로 초고령사회가 빠르게 진행되고 있다. 이에 따라 세계경제도 장기간 침체될 걸로 예상된다. 고령화 속도가 상대적으로 빠른 우리나라는 누구보다 먼저 서둘러서 이에 대한 대책을 강구해야 한다.

우리나라에서 1955년부터 1963년에 태어난 사람들을 일컬어 베이비부머 세대라고 한다. 약 700만 명 정도인데 지금은 고령화시대를 더욱 빠르게 이끄는 주축이 되었다.

우리나라에 베이비부머세대가 있다면 일본에는 1947년부터 1949년에 태어난 단카이세대(團塊世代)가 있다. 일본은 1970년에 고령화사회가 되었고, 1994년에 고령사회로 진입했다. 단카이세대는 급격한 인구 증가로 인해 진학 · 취업 · 혼인 · 주택 문제 등으로 매사 심각한 경쟁을 벌였다.

우리의 베이비부머세대와 마찬가지로, 이들이 초등학교에 입학할 때 교실이 부족해 증축해야 했고, 중학교에 들어갈 무렵에는 교육열을 일으키며 입시지옥의 주인공이 되었다. 이들이 20대인 1960년대에는 양질의 인력을 제공해 고도의 경제성장을 이끌어, 일본을 세계 2위의 경제대국으로 만들었고, 동시에 버블 경제를 일으켜 20년의 장기불황을 가져온 세대이기도 하다.

2007년부터 이들이 정년퇴직을 하기 시작하면서 퇴직금만 해도 53조 4000억엔(약 427조원)으로 일본 정부의 세입예산(53조 5000억엔)과 맘먹는 규모다.

단카이 세대 노인들은 기존 노인과도 이질적이다. 건강은 물론 돈과 지식도 겸비하고 있으며 그들만의 고령 문화를 만들어 가고 있다. 이들이 저축했던 돈, 그리고 적지 않은 퇴직금을 어디다 쓸 것인가에 세계가 긴장하며 돈이 향방에 관심을 가질 정도다.

그들은 역시 그들답게 재투자 · 주식 · 해외여행 · 건강 · 취미생활에 관심을 갖고 있다. 예전에는 자녀들에게 투자하고 노후에 자녀들에게 의지하는 것이 전통적인 문화였다. 그러나 고령화가 급속도로 이루어지면서 이제는 점점 자신의 노후를 본인 스스로 준비하고 즐기는 문화가 확산되고 있다.

단카이 세대가 은퇴하면서 현금 자산을 갖기 위해 부동산을 처분할 때 집값이 하락했고, 그들이 은퇴하면서 소비를 줄이자 내수시장의 위축과 투자 감소가 이어졌다.

"일본을 보면 한국이 보인다."

중요한 말이다. 일본과 우리의 경제 · 산업 구조나 발전과정, 또 인구구조는 유사하다. 따라서 일본경제의 문제점이 무엇인지 바로 알고 일본의 시행착오를 답습하지 않도록 정부에서부터 각 개인에 이르기까지 이에 대한 철저한 준비를 해나가야 한다.

# ‘트라우마’라는 이름의 感나무

과거의 고통스러웠던 일로 힘들어하는 사람들이 주위에 많다. 이렇게 자신이나 세상에 대해 부정적이고 비합리적인 잘못된 믿음을 가지게 만드는 모든 경험을 트라우마라고 한다. 보통 트라우마로 인해 마음이 불편하고 삶에 영향을 미친다면 병원치료 등으로 극복해야 한다.

트라우마는 평생 우리 삶에 나쁜 영향을 미친다. 부정적 경험으로 인하여 무의식 속에 우리를 고통 속에서 벗어나지 못하게 한다. 이는 당사자뿐만 아니라 주위 사람들에게도 좋지 않은 영향을 미쳐 사회문제가 되어 많은 사람들을 힘들게 하기도 한다.

트라우마를 극복하기 위해서는 상처를 주는 사람을 되도

록 피하라고 한다. 어떤 식으로든 내게 상처를 주는 사람하고는 될 수 있으면 만나지 않는 것이 가장 좋은 극복 방법이기 때문이다.

당사자를 트라우마에서 벗어나도록 돕는 최선의 방법은 위로다. 위로는 많이 받으면 받을수록 좋다. 따라서 가족, 친구, 동료에게 힘들었던 얘기를 털어 놓는 것만으로도 큰 도움이 된다. 최고의 트라우마 극복법은 마음의 상처를 성장의 계기로 삼는 것이라고 한다.

내게도 힘든 트라우마가 있다. 2002년 9월 28일 당시 초등학교 5학년이었던 아들이 학교에 갔다가 불의의 사고로 영영 집으로 돌아오지 못했다. 한동안 이 일로 인해 일이 잡히지 않았다. 모든 것들이 내게서 떠날 것 같은 두려움이 생겼다. 마음이 항상 불안하였고 모든 일에 자신감이 사라지고 그 동안 즐겼던 일들도 무의미하다고 생각하여 다 중단했다.

사람들은 이것을 트라우마라고 했고, 평생 극복해 나갈 문제라고 조언했다. 지금도 그 일로부터 완전히 자유롭지는 않지만 시간이 흐르니 어느 정도 견딜 수 있게 되었다.

〈미움받을 용기〉라는 책이 아들러의 심리학을 새롭게 받아 들이게 한다. 프로이트가 문제의 원인을 인간의 무의식과 트라우마에서 찾았다면, 아들러는 문제의 원인을 열등감과 이를 극복하고자 하는 의지에서 찾았다.

아들러 이론에 이르면 트라우마 같은 것은 없다. 아들러는 과거의 상처는 상처일 뿐인데, 우리가 받아들이기로 작정했기 때문에 상처가 되었다고 말한다. 나쁘게 말하면 핑계이고, 좋게 말하면 생존수단으로 상처를 이용하고 있다는 것이다.

아들러의 심리학은 용기의 심리학이라고 한다. 인간은 사회적 동물이어서 좋은 인간관계를 맺는 데서 만족과 행복을 느끼는데, 이 관계에서 문제가 생기면 좌절과 불행을 느끼게 된다.

실제 많은 사람들이 트라우마로 인해 많이 고통스러워하고 이에서 벗어나지 못해서 힘들어한다. 개인의 불행으로 끝나지 않고 사회문제가 되기도 한다.

따라서 과거의 문제로 스스로 괴롭고 힘들다는 함정에 빠지지 말고, 용기를 갖고 과감하게 빠져 나와서 나의 행복뿐만 아니라, 주위 모든 사람들도 행복을 느낄 수 있도록 앞으로 나아가야 한다.

트라우마라는 이름의 感나무를 우리 모두 서로 감싸고 위로하는 사회로 만들어 갔으면 한다.

## 感나무, 편 가르기는 이제 그만

세상이 온통 편가르기 싸움판이다. TV를 보아도, 라디오를 들어도, 신문을 보아도 내 편 아니면 네 편으로 나뉘어서 자기의 생각이나 의견에 맞지 않으면 바로 적으로 취급하는 내용들이 많다. 남자와 여자, 여당과 야당, 사측과 노측, 진보와 보수로 나뉘어서 싸움을 한다. 똑같은 목표를 가지고 협의를 하고 토론을 해도 서로의 의견이 쉽게 좁혀지지 않는다. 서로 조금씩 양보하면 해결이 되겠다고 생각하지만 그게 그리 쉽지 않다.

왜 이렇게 양쪽으로 나뉘어서 싸우게 되었을까를 생각해 본다. 우리나라는 짧은 시간에 급속한 발전을 이뤘다. 그러다 보니 신속한 결정을 내려야만 경쟁에서 살아남을 수 있다는 것을 배웠다. 일을 진행할 때는 좋지만 이것이 장기화 되면서 스트레스를 받다보니 다른 사람의 의견을 받아들일 여유가 없다. 편을 가르고 줄을 세우고 왕따를 시키는 요즘의 행태는 개인의 불안 심리가 표출된 것이라고 본다. 당장 내 뜻을 반영하지 못하면 바로 낙오자가 되고 뒤떨어진다고 생각하기 때문이다. 남보다는 나의 의견이 반영되어야 인정받고 더 승진도 하고 더 나은 자리로 올라갈 수 있다는 강박관념에 쫓기고 있다.

사람관계에서 나하고 다른 의견을 들어주고 이해한다는 건 그리 쉬운 일이 아니다. 하지만 내 의견이 존중받아야 한다면 상대방의 의견도 존중해야 한다. 생각이 다르고 처지가 다르고 지역이 다르고 세대가 달라 생기는 많은 갈등은 더 이상 대결국면으로 몰고 가서는 안 된다. 상대방에 대해 나쁜 감정을 품고 있는 것은 개인의 정신건강에도 좋지 않기 때문이다.

이러한 갈등을 풀기 위해서는 감정적인 대응이 아니라 상대방을 이해하는 마음으로 경청을 할 때 가능한 일이다. 경청을 통해 오해가 있으면 풀고 서로가 서로를 위하는 그런 아름다운 사회를 만들어 나갔으면 한다.

感나무, 우리 이제 편 가르기는 그만 하자.

# 깨달음으로 다시 서는 感나무

소위 일진학생으로 친구들과 싸우다 공무집행방해죄로 경찰서까지 갔던 학생의 이야기다.

학생은 친구들과 싸움을 했고, 워낙 몸집이 커서 격렬한 몸싸움 끝에 경찰에 체포되어 파출소에 가게 되었다.

"내가 지금껏 일에 바빠서 너한테 제대로 신경을 쓰지 못해 이 지경까지 이르렀구나. 난 애비 자격도 없는 사람이다."

학생의 아버지는 아들을 붙들고 통곡을 했고, 아들도 그 순간 울면서 아버지 손을 붙잡고 용서를 빌었다.

"아버지, 반드시 고등학교를 마치고 대학교에 진학해서 성공하겠습니다."

그 후 아버지는 아들과 함께 거의 매일 산을 오르며 많은 이야기를 나눴다. 몇 달이 지난 후에 아들이 검정고시에 합격하자 아버지는 아들과 함께 파출소를 찾아 고맙다고 인사를 하러 갔다.

시각장애인으로 미국에 유학하여 박사학위를 받은 강영우 박사님은 많은 어려움을 극복해낸 분으로 유명하다. 시각장애인 최초로 연세대학교에 입학했고, 어렵게 미국비자를 받아 미국 피츠버그대학에서 박사학위를 받았다. 한국으로 돌아와서 학생들을 가르치고자 여러 대학에 이력서를 넣어 보았으나, 한 군데도 그를 원하는 곳이 없었다. 그동안 느꼈던 그 무엇보다 더 큰 좌절을 느꼈다고 한다.

"강박사, 이제 당신은 시각장애인으로 박사까지 되고 자식들도 훌륭히 키웠으니 위대한 가문을 만들면 되지 않소."

그때 은사께서 하시는 말을 듣고 용기를 냈다고 한다. 그 후 그는 미국 장애인정책의 최고책임자인 백악관 장애인정책차관보까지 오르게 되었다. 그는 췌장암으로 투병하다 세상을 떠났는데, 유고작 '내 눈에는 희망만 보였다'에서 다음과 같이 말했다.

"나에게는 꿈이 있었다. 천대와 멸시 속에서도 편견의 시선 속에서도 나는 포기하지 않고 하나의 꿈을 간직했다."

쉽게 말하자면 꿈을 갖고 하나씩 하나씩 이루어가다 보니 최고의 자리까지 오를 수 있었다는 것이다. '장애인임에도 불구하고'가 아니라 '장애인이었기 때문에' 오를 수 있는 자리였다고 말했다.

신라의 스님인 원효는 의상대사와 함께 불법을 공부하기 위해 당나라로 유학을 떠나기로 했다. 당시 신라의 스님들은 당나라 스님에게 가르침을 받는 것이 소원이었고 이것이 유행처럼 번져 있을 때였다. 두 사람이 배를 타려 했을 때, 비바람이 불고 어두워져 동굴에서 잠을 자야 했고, 잠결에 갈증을 느낀 원효는 바가지에 담긴 물을 시원하게 마시고 다시 잠들었다. 다음 날 아침, 일어나 보니 그들이 묵고 있던 동굴은 파헤쳐진 무덤이었고 원효가 마신 물은 해골에 담겨 있던 썩은 물이었다. 해골물을 먹었다는 사실에 구역질을 느꼈던 원효는 순간적으로 "진리란 밖에 있는 것이 아니라 안에 있는 것이구나 [일체유심조(一切唯心造)]"라고 깨달아 당대 최고의 스님이 되었다.

나는 강의를 하면서 학습자들이 깨닫고 변화하는 모습을 볼 때마다 짜릿한 기쁨을 느낀다. 특히 리더십 강의를 할 때에 자기쇄신에 대해 강조를 하는데, 어떤 이는 곧바로 실천에 옮기는 경우를 본다. 어떤 학습자의 부인은 교육받은 후 남편이 금연을 하게 되어서 감사하다는 메일을 보내온 적도 있었다. 사소한 행동 변화가 습관이 되어 나중에는 개인 인생 변화에 커다란 시발점이 되는 것이다.

공부란 아는 것이 아니라 깨닫는 것이다. 안다는 것은 책을 읽고 강의를 많이 들으면 누구나 할 수 있다. 하지만 깨닫는 것은 아무나 할 수 있는 일이 아니다. 자신이 직접 실천하는 과정에서 '아!'하고 느껴 행동의 변화까지 이끌어 가는 것이 깨달음이다.

무엇인가를 깨달을 때의 기쁨은 사람마다 차이가 있겠지만 어떤 것을 새롭게 알게 되었을 때는 참으로 기분이 좋다. 책을 읽으면서 깨닫기도 하고, 강의를 통해서 깨닫기도 하며, 엄청난 실패를 통해서 깨닫기도 한다. 어떤 이는 바로 깨닫기도 하지만, 어떤 이는 시간이 한참 지나서 깨닫기도 한다.

지금 이 순간 나는 무엇을 통해 깨달음을 얻고, 무엇을 통해 그 기쁨을 누리고 있는가? 점검해 볼 일이다.

## 感나무는 언제나 공사 중

미국 노스 캐롤라이너 샬롯시에는 기독교의 세계적인 전도자인 빌리 그래함 라이브러리가 있다. 라이브러리 입구 좌측에는 2007년에 먼저 세상을 떠난 루스 그래함 여사의 묘가 있다. 여사께서 세상을 떠나기 전 어느 날 남편과 함께 자동차를 타고 가다가 도로 모퉁이에서 표지판을 보았다.

"공사 끝, 그동안의 인내를 감사드립니다."

루스는 표지판을 보는 순간 빙그레 미소를 지으며 그 표지의 글을 자신의 묘비명으로 삼겠다고 말했다.

실제로 우리 모두의 인생은 아직도 공사 중이어서 주변사람들에게 본의 아니게 상처를 입히며 살아가고 있는 것에 착안을 한 것이다.

사람은 자신의 성격 중에 맘에 안 드는 부분 때문에 괴로워한다. 그러나 현명한 사람은 괴로움에 머물지 않는다.

"공사 중, 불편을 드려 죄송합니다."

표지를 달고 지속적인 공사로 고쳐나가면 된다. 새로운 환경에 처할 때도 우리는 항상 공사가 필요하다. 새로운 환경에 맞춰나가는 공사를 통해 사람과의 관계를 더 나은 모습으로 개선해 나가야겠다.

# 7부

## Thank You!
## 365+24
## 세상만사+감사

그 사람이 얼마나

행복한가는

감사의 깊이에 달려 있다.

–존 밀러

# 感나무, 말이 곧 인생이다

"I have a dream!(나에겐 꿈이 있습니다)"

미국의 마틴 루터 킹 목사가 1963년 8월 28일 워싱턴 D.C 링컨기념관에서 외친 말이다. 그 후 그가 말한 대로 이루어졌고 미국 역사상 최초의 흑인대통령도 탄생했다.

말은 그 사람의 인생을 좌우하기도 한다. 가수들 중에 희망적이고 기쁨을 노래한 가수들은 오랫동안 인기를 누렸으나 이별, 슬픔, 비관적인 내용의 노래를 부른 가수들은 단명한 경우가 많았다. 미국의 흑인가수 투팩 샤쿠어도 자신의 노래처럼 13일의 금요일에 죽었다. 그의 노래 중에 빌보드챠트 1

위에 오른 앨범의 곡들은 모두 불길한 가사 내용으로 가득 차 있었다. 〈내가 오늘 죽는다면〉, 〈길 모퉁이에 다가온 죽음〉 등은 마치 자신의 죽음을 일부러 부르는 듯한 인상을 주었고, 그는 그의 노랫말대로 어느 날 갑자기 갱에게 살해를 당했다.

긍정적인 말은 긍정적인 삶을 부르고, 부정적인 말은 부정적인 삶을 부른다. 생각해 보자. 요즘 자주 사용하는 말은 어떤 종류의 말인가?

우리는 감정을 대부분 말로 표현한다. 우리가 쓰고 있는 말을 효과적으로 사용하면 활력을 일으키는 감정을 주지만, 잘못 사용하면 내 자신을 힘들게 하는 것은 말할 것도 없고 주변 사람을 순식간에 황폐하게 만들거나 적으로 만들 수 있다.

한국어를 배우는 외국학생에게 우리말 중 영어로 번역하거나 설명하기 어려운 단어를 뽑으라고 했더니 '정(情)'을 뽑았다. '정'이란 단어는 그 자체로도 의미가 있지만, 문장 맥락에 따라 많은 의미를 갖고 있다.

그런데 우리는 어떤가?

'정'이라고 하면 그냥 기분 좋게 통하는 그 무엇이 있지 않은가? 이것은 우리 민족만이 가진 고유의 정서인 것이다.

인디언 부족 중에는 '거짓말'을 뜻하는 단어가 없다고 한다. '거짓말'이라는 말이 그들의 언어에 존재하지 않으므로 그들의 사고방식이나 생활에도 '거짓말'이 존재하지 않는다는 것이다.

"우리가 언어를 통제하는 것이 아니라, 언어가 우리를 통제하고 있다."

신경과학자 움베르트의 말이다. 우리의 생각은 우리가 사용하는 말에 큰 영향을 받는다. 따라서 우리는 말을 하기 전에 항상 생각해야 한다. 지금 내가 항상 사용하는 말이 내 인생에 큰 영향을 끼친다는 것을 분명히 알아야 한다.

"말이 씨가 된다."

내가 뱉은 말이 씨가 되어 싹이 나고 꽃 피며 열매 맺는다. 내 입으로 내뱉는 말은 반드시 부메랑처럼 내게 되돌아온다.

지금 내가 쓰는 말은 어떤 말인가? 긍정적인지 부정적인지 챙기고 또 챙겨볼 일이다.

## 괜찮아 괜찮아 感나무!

장애의 몸으로 미국에서 영문학 박사학위를 받고 모교인 서강대에서 영문학과 교수로 재직하다가 암으로 세상을 떠난 장영희 교수의 유고작 〈살아온 기적 살아갈 기적〉이란 책이 있다. 어린 시절 지체 장애자였던 그녀는 친구들의 놀이에 끼지 못하고, 친구들이 노는 모습을 보면서 한쪽에 앉아 있었다. 그때 그녀 앞을 지나쳤던 엿장수가 다시 돌아와 엿을 내밀면서 "괜찮아"라고 말했다고 한다. 평소 친구들의 배려로 소외감이나 박탈감을 느끼지 않았지만 그녀는 그 말을 듣고 세상은 참으로 살아가기에 괜찮은 곳이라고 생각했다고 한다. 모든 것은 마음먹기에 달렸다고 다짐을 하는 계기가 되었다는 것이다.

"괜찮아."

그녀는 세상을 살아가면서 힘들 때마다 그 말을 기억하면서 위안을 받았다고 한다.

그녀는 또 1984년 뉴욕주립대학에서 6년을 공부하면서 심혈을 기울여 완성한 박사학위 논문을 승용차 트렁크에 넣고 친구 집에 들러 차 한 잔 마시는 사이에 도둑을 맞았다고 한다. 그동안 불편한 몸으로 무거운 책가방을 메고 목발을 짚고 눈비를 맞으며 힘겹게 도서관에 다니던 일, 엉덩이에 종기가 날 정도로 꼼짝 않고 책을 읽으며 지새웠던 밤들이 너무나 허무해 죽고 싶었다고 한다. 그런데 닷새째 되던 날 커튼 사이로 비추는 한 줄기 햇살을 보면서 신기하게도 자신의 내면 깊숙한 곳에서 이런 소리가 들렸다고 한다.

"괜찮아, 다시 시작하면 되잖아. 다시 시작할 수 있어. 기껏해야 논문인데 뭐. 그래, 살아 있잖아. 논문 따위쯤이야."

그 속삭임에 용기를 갖고 다시 시작하여 1년 만에 더 좋은 논문을 완성할 수 있었다고 한다.

사람마다 나름대로의 크고 작은 어려움이 있다. 그 당시에는 절대로 해결될 것 같지 않아서 힘들어 하지만 시간이 지나면 어떻게든 해결이 되었던 경험은 누구나 갖고 있다. 그러한 경험이 내공으로 쌓여서 세상을 살아가는 큰 힘이 되는 것이다.

나는 대학을 졸업하고 ROTC장교로 군복무를 했다. 전역할 때 큰 포부를 갖고 사회에 나왔는데 집안에서 운영하던 사업이 파산하여 매우 힘들었던 적이 있었다. 그 당시에는 절대로 회복이 불가능할 것 같았기에 너무나도 힘들었다.

"괜찮아, 아직 젊은데 다시 시작하면 될 거야."

그때 내가 마음속으로 가장 많이 다짐했던 소리다. 이렇게 스스로를 위로하며 살다 보니 어느 새 다 마무리가 되었고, 시간이 흐르고 나니 그때 경험이 살아가는데 더 큰 힘이 되고 있다.

2002년 월드컵축구 4강전에서 국가대표팀이 독일에 졌을 때 관중들은 이렇게 외쳤다.

"괜찮아, 괜찮아!"

고교생 TV 프로그램에서 혼자 끝까지 남아 골든벨에 도전하다가 마지막 문제를 풀지 못한 친구에게도 이렇게 말한다.

"괜찮아, 괜찮아!"

우리는 아무리 힘들어도 절망만 하지 않으면 다시 일어설 수 있다. 이 시간에도 우리 주위에는 크고 작은 여러 가지 일들로 낙망하고 있는 이웃들이 많다. 그들에게 다가가서 이렇게 위로를 보내보자.

"괜찮아, 괜찮아!"

## 상대방에게 빛을 주는 感나무

동료직원과 동네의 유명한 갈비탕집에 간 적이 있다. 둘이서 갈비탕을 먹는 중에 옆자리에 한 할머니가 혼자 오셔서 갈비탕을 시켰다. 할머니는 갈비탕을 좋아하셨으나 이가 다 빠져서 갈비는 드실 수 없었다. 그냥 국물 맛이라도 보고 싶어서 가끔 오신다고 했다. 할머니는 그 자리에서 갈비를 모두 건져서 우리에게 주었다. 우리는 할머니 덕분에 갈비를 배부르게 먹었고, 감사한 마음에 할머니 갈비탕 값도 함께 지불했다. 할머니도 식당 주인도 함빡 웃음을 웃는 모습에 우리는 모두 참 기분이 좋았다.

사람의 심리에는 '상호성의 법칙'이라는 게 있다. 사람은 누구에게나 받은 만큼 주고 싶어 하는 마음이 있다. 예부터 인간사회에서는 누구라도 다른 사람에게 기꺼이 음식이나 땔감을 제공하는 등의 호의를 베풀어 왔다. 상호성의 법칙에 의해 그러한 호의는 나중에 자신이 되받을 수 있다는 믿음으로 이어졌기 때문이다.

이로 인해 인류는 상호부조, 상호무역 등의 다양하고 세련된 상호협조 체계들을 발전시켜 오늘날과 같이 성숙한 사회를 이룰 수 있었다.

남에게 작은 친절이라도 받으면 참 기분이 좋다. 그러나 먼저 남에게 베풀기는 쉽지 않다. '설득의 심리학'의 저자 로버트 치알디니는 말한다.

"남에게 뭔가를 얻어내려면 상대방이 빚을 지게 하라."

사람들과 더 좋은 관계를 만들려면 내가 먼저 손을 내밀고 다가서서 상대에게 빚을 지게 하라는 말이다.

상대방에게 빛을 주는 感나무가 우리 사회를 더욱 아름답게 한다.

## 感나무는 마음부자

중소기업 사내식당에서 있었던 일이다. 직원들이 동료와 점심식사를 한 뒤 물을 마시기 위해 살균보관소로 갔다. 그곳에는 먼저 컵을 집어든 사람이 뒤따라오는 동료들에게 컵을 하나씩 꺼내 주고 있었다. 조금 더 지켜봤더니 이것은 한 그룹만의 이야기가 아니다. 어느 그룹이나 앞서 컵 보관소 문을 연 사람은 말이 없어도 다른 동료에게 먼저 컵을 전달하는 게 습관으로 굳어 있었다. 마음에 여유가 없으면 나올 수 없는 배려의 실천이다.

작은 행동이 세상을 바꾼다. 핀볼 효과(pinball effect)라 한다. 사소한 사건, 또는 물건 하나가 도미노처럼 연결되어 있어 점점 증폭되면서 세상을 움직이는 역사적 사건까지 만들어 내는 것이다.

세상엔 돈부자, 일부자, 꿈부자, 마음부자 등 네 가지 부자가 있다. 행복을 이루려면 돈부자와 일부자는 기본이다. 돈과 일은 우리 행복에 큰 영향을 끼친다. 생각해 보라. 아무리 꿈이 많고 마음이 좋다 해도 돈과 행복이 없다면 과연 행복에 이를 수 있겠는가?

하지만 행복을 위해서는 돈부자와 일부자만으로는 부족하다. 우리 주변에는 남부럽지 않은 돈을 갖고, 남에게 존경받는 일을 하면서도 행복과 먼 삶을 사는 이들이 많다. 꿈부자와 마음부자로 여유를 누리며 사는 법에 익숙하지 못하기 때문이다.

그동안 우리는 먹고 살기 힘든 세월을 살아오면서 돈부자와 일부자에만 너무 매달려 왔다. 그러다 보니 주변에서 돈부자와 일부자가 되기 위해 기를 쓰면서 행복과 멀어지는 삶을 사는 이들의 이야기를 많이 듣고 있다. 남 부럽지 않은 돈부자들의 행복하지 않은 이야기들이 우리 현실을 멍들게 하고 있다. 따라서 우리는 이제 꿈부자와 마음부자에 관심을 가져야 한다.

꿈부자는 오지탐험가 한비야 씨, 산에 인생을 건 박영석 대장이나 엄홍길 대장, 새박사로 알려진 윤무부 교수 등을 예로 들 수 있다. 이들이 하는 일은 꼭 돈만을 위한 것이 아니다. 자신이 하는 일에서 행복을 추구하고, 열정으로 이룬 자신들의 행복으로 세상의 역사를 이뤄간다. 돈부자와 일부자의 경계를 넘어선 이들이다.

마음부자는 테레사 수녀, 김수환 추기경, 이해인 수녀, 션-정해영과 같은 기부 천사 같은 분만이 아니라, 평생 행상으로 모은 수억 원에 달하는 전 재산을 세상에 돌려주고 가시는 할머니, 자신의 장기를 기증하는 분들을 포함한 알려지지 않은 수많은 이들이 여기에 속한다.

동료를 위해 물컵을 먼저 꺼내 주는 직장인들의 마음이 곧 마음부자의 튼실한 感나무 묘목이다.

## 감사 달력 만들기

이제 感나무 심을 계획을 세워보자. 제일 먼저 해야 할 일이 무엇일까? 바로 꼼꼼히 계획을 세우는 일이다. 매일 매일 할 일을 정하고 아름다운 결실을 이루기 위한 중장기의 목표를 하나씩 정리하는 것이다.

마음마당에 感나무를 한 그루를 키우는 일 역시 이와 같다. 한 그루의 感나무를 키우기 위해서 필요한 것이 무엇일까? 필요한 것은 준비하고, 하루하루 정성을 다하는 마음으로 계획을 세워야 한다. 먼저 感나무 달력을 그려보자.

올드 파머스 알마낵(Old Farmer's Almanac)은 예전에 미국의 농부들이 쓰던 농업용 달력이다. 미국에서 가장 많이 팔리는 책이 성서이고, 그 다음이 바로 '올드 파머즈 올머낵'이다.

1792년에 처음 창간되어 194년 동안 한 해도 거르지 않고 나오고 있다. 해마다 약 150만 부 이상이 팔린다. 줄잡아 미국 사람 100명 가운데 한 명이 한 권꼴로 이 달력을 구입하는 것이다.

이 달력을 꼼꼼히 살펴보면, 천체의 움직임, 조수 간만의 차, 작물의 파종이나 수확시기가 기록되어 있다. 아울러 각 주의 축제일과 각지의 연간 일기예보까지 기록하고 있다.

미국의 농부들은 이 달력을 집에 걸어두고 농사짓기와 일상에 참조한다. 지금도 New Hampshire주 Dublin의 Yankee사에서는 연간 약 3,000만부를 발행하고 있는데 연말연시에 모두 팔려나간다.

그렇다면 이렇게 많은 이들이 왜 이 달력을 사는 것일까? 그 특징은 무엇일까?

첫째, 이 달력은 매우 흥미롭다. 우리나라의 토정비결이라

할 수 있는 서양의 별자리 점(星占)과 운수가 12궁(宮)별로 적혀 있다. 이를테면 4월 20일자에 보면 '금성(金星)에 속하는 사람은 인생에 검은 그늘이 비쳐도 낙심하지 말라. 이날부터 금성이 빛나기 시작하니 운수가 트일지라. 그러니 즐겁고 부드럽고 친절하며 감사하게 살지어다'라고 적혀 있다. 미국사람들은 12궁별로 여행, 사업, 홍정, 파종, 수확 같은 일을 할 때, 일종의 기일인 좋은 날을 택일한다고도 알려져 있다.

4월 28일자를 한 번 보면 '이 날 나폴레옹이 엘바 섬에 유배당하다'라는 지식이 적혀 있다. 프랭클린의 생일날에는 '손에 흙을 묻히고 싶지 않은 사람은 미국에 이주하지 말라'는 그의 격언이 적혀 있다. 레오나르도 다빈치와 관계된 날엔 '모나리자는 원래 무릎까지 그려져 있었는데 잘라 버렸다. 그 무릎 위에 만화책이 놓여 있었기 때문이다'는 우스갯소리도 적혀 있다. 즉 이 달력은 날짜를 표기하는 달력의 주기능뿐만 아니라 교양과 상식, 운수와 재미 등을 모두 적어둔 한 권의 책인 것이다.

이것을 참조로 나만의 感나무 달력그리기를 시작하자. 나만의 感나무 달력이니, 내 스타일대로 그리면 충분하다.

나는 먼저 커다란 나무를 그리고 1년을 365일, 열두 가지로 나눈다. 그리고 가지마다 30개의 감을 그려 넣고, 1년 동안 한 그루의 멋진 感나무를 그려낸다.

비교적 큰 종이에 그려서 온 가족이 함께 볼 수 있도록 하는 것도 중요하다. 그리고 국경일과 공휴일, 가족의 생일과 친지와 친구의 기념일 등 매일 매일 감사할 수 있는 날들을 나무 열매에 채워 넣으면 된다.

미리 감사의 내용을 준비해서 매일 매일 실천여부를 체크하는 방식이면 된다. 그러면 한 눈에 바로 날마다 열리는 감사의 열매를 확인할 수 있다.

매일 하나씩 열리는 감사 열매를 보고 있으면, 마음이 풍성해지고 또 감사한 마음과 행복한 풍경이 그려진다.

1년 365일 동안 感나무를 키우는 것, 나만의 感나무에 행복의 열매가 주렁주렁 열리는 나날이 시작될 것이다.

## 感나무를 UP시키는 10가지 원칙

### 1. 생각이 곧 감사다

"Think & Thanks"란 말이 있다. 생각과 감사는 그 어원이 같다. 깊은 생각이 감사를 불러일으킨다. 인도 속담에 "호랑이를 왜 만들었냐고 하나님께 투정하지 말고 호랑이에게 날개를 달아 주지 않는 것에 감사하라"는 말이 있다. 생각으로 감사를 열어라.

### 2. 작은 것부터 감사해라

작은 감사가 큰 감사를 낳는다. 큰 강도 처음에는 작은 물방울로부터 시작되었다. 아주 사소하고 작아 보이는 것들을 먼저 감사하라. 그러면 큰 감사거리를 만나게 된다. 나중 감사가 아니다. 바로 지금부터 감사해라.

### 3. 자신을 감사하라

성 어거스틴은 이렇게 말한다.

"인간은 높은 산과 거대한 바다의 파도와 굽이치는 강물과 저 광활한 우주의 태양과 반짝이는 별들을 보고는 감탄하면서도 정작 자기 자신에 대해서는 감탄하지 않는다."

자신에게 감사하는 것이 가장 큰 감사다.

### 4. 일상을 감사하라

가장 어려운 감사는 가장 단순한 감사다. 숨을 쉬는 것, 가장 맑은 하늘을 볼 수 있는 것과 같이 관심을 가지고 보지 않으면 절대 알 수 없는 감사가 가장 어려운 감사라는 것이다.

5. 문제를 감사하라

문제는 항상 해결책이 있기 마련이다. 만약 해결책이 없다고 한다면 그것은 이미 문제도 아니다. 그러므로 문제가 있음에 감사하라. 그러면 돌로 된 산도 터널로 뚫릴 날이 올 것이다.

6. 더불어 감사하라

장작불도 함께 있을 때 더 잘 타는 법이다. 혼자보다는 함께 감사할 때 감사는 시너지 효과를 갖게 된다. 가족들끼리 감사를 나누면 30배 60배 100배의 결실로 돌아온다.

7. 감사의 기어변속을 잘하라

처음에는 '만약에' 감사다. 그 다음이 '때문에' 감사다. 이어 '불구하고' 감사다. 나아가 우리는 '더불어' 감사할 수 있어야 한다. 저속기어를 넣고 고속도로를 달릴 수는 없다. 기어를 높여라.

8. 잠드는 저녁시간에 감사하라

대부분의 사람들이 짜증과 분노, 근심 걱정을 껴안고 잠든다. 잠드는 시각에 감사하라. 저녁의 감사는 영혼의 청소가 된다.

9. 감사의 능력을 믿고 감사하라

감사에는 메아리 효과가 있다. 감사하면 뇌에 새겨진다. 그리고 감사의 반응은 언제나 긍정이 된다. 감사는 견인력이 있어 꼭 그런 방향을 가리킨다. 감사는 감사한대로 이루어진다. 이를 성취력이라 한다.

## 10. 받는 감사가 아니라 주는 감사를 하라

감사 받기를 바라는 마음은 나를 내세우고 상대를 낮추는 마음이다. 이에 반해 감사를 주는 마음은 나를 낮추고 상대를 높여주는 마음이다.

당신이라면 자신을 내세우고 나를 낮추는 사람을 좋아할 수 있는가? 상대도 마찬가지다. 자신을 낮추고 나를 높여주는 사람을 좋아하기 마련이다.

사랑을 받고 싶은가? 행복하고 싶은가? 그러면 받는 감사가 아니라 주는 감사를 하라. give & take, 그것이 만인에게 사랑을 받고 행복에 이르는 지름길이다.

지금까지 이 책을 읽어 주시고 感나무와 함께

감성리더십에 관심을 가져주신 분들께 감사드리며

항상 감사하는 삶으로 더욱 행복해 지시길 기원합니다.